MADAME CLAUDE

LE PARFUM DU SECRET

Du même auteur

Renaud, paradis perdu, Fayard, 2015.
Bernadette Chirac, les secrets d'une conquête, Fayard, 2019.

Erwan L'Éléouet

Madame Claude

Le parfum du secret

Fayard

Couverture : Nuit de Chine

Toutes ces dames au salon, page 263,
paroles de Bernard Dimey, 1969,
avec l'aimable autorisation de Yvette Cathiard.

ISBN : 978-2-213-72059-3
Dépôt légal : novembre 2022

À Dominique, Hélène et Maïté,
qui m'ont confié leur vie.

« Cependant elle dut étudier les artifices du métier qu'elle faisait, même les plus secrets. Cet apprentissage, par les révoltes qu'il lui donna, par le sentiment qu'elle eut de devenir une machine impure, la fit frémir encore d'humiliation perverse. Mais le dérèglement charnel a des bornes vite atteintes lorsqu'une passion mutuelle ne les déplace pas à l'infini. »

Joseph Kessel, *Belle de jour*, 1928

Un départ si discret

Le ciel est bas et le temps froid, ce mercredi 22 décembre 2015, sur la Côte d'Azur. La douceur qu'offrent parfois les Alpes-Maritimes n'est pas d'actualité en ce premier jour de l'hiver.

La disparition est survenue trois jours plus tôt, dans l'après-midi du samedi, à 15 h 35, à l'hôpital Cimiez de Nice, mettant fin à quatre-vingt-douze années, cinq mois et treize jours d'une vie trépidante, sulfureuse et fantasmée.

C'est un conseiller funéraire qui a fait la déclaration de décès à la mairie. L'officier d'état civil n'a rien exprimé de particulier lorsqu'elle a saisi le certificat signé par le médecin, et lu le nom de Fernande Joséphine Grudet, née le 6 juillet 1923 à Angers. Elle a simplement pensé à une dame âgée venue trouver, dans cette perle de la Riviera française, un cadre de vie plus doux pour ses vieux jours.

Ils ne sont que huit, devant un grand bâtiment blanc perdu dans le creux du vallon du Roguez, sur la commune de Colomars, située à une quinzaine de kilomètres de Nice. Le crématorium, inauguré trente ans plus tôt, semble écrasé par les poudingues qui l'entourent, ces roches nées il y a environ cinq millions d'années et constituées de sédiments charriés par le Var, qui coule en contrebas.

Philippe Thuillier, un célèbre producteur de télévision, et Stéphane, qui partage sa vie ; Roland et Paule, un couple d'amis qui l'a connue lorsqu'elle habitait Authon-la-Plaine, et leurs deux fils, Bertrand et Julien ; Robert et Paolo, deux coiffeurs qui, comme Paule à Authon, se sont occupés de ses cheveux à Paris et à Nice, sont là pour le dernier au revoir.

Sa fille unique, avec qui elle avait tenté de renouer en choisissant de s'établir à Nice, n'a pas fait le déplacement. Elle a évoqué une raison personnelle pour justifier son absence. « Elle était très dure, très froide, elle s'est construit une carapace. Je ne l'ai jamais vue pleurer. Elle se suffisait à elle-même. Sans doute a-t-elle été blessée quelque part. Elle ne m'aimait pas. On ne peut pas obliger les gens à vous aimer. Elle ne m'a jamais donné sa confiance. Elle n'a jamais essayé de me protéger.

Quand j'ai vu que ce n'était pas possible, j'ai fini par lâcher. Je ne sais pas jusqu'à quel point elle pouvait comprendre autrui. Je me suis occupée d'elle jusqu'à la fin. Avec mes relations, je me suis débrouillée pour la faire placer dans cet hôpital. Elle a fini sans le sou. J'ai essayé de l'aider, elle ne se souvenait pas que je l'aidais. C'est moi qui ai payé l'enterrement[1] », me raconte d'une voix très douce celle que sa mère a prénommée Annie, et qui se fait appeler Anne. C'est la première fois qu'elle répond à un journaliste. Elle s'exprime avec franchise, mais sans animosité pour cette mère avec qui les relations ont été plus que compliquées tout au long de sa vie.

Maïté et Dominique, ses deux « filles » les plus proches qui ont travaillé pour elle au temps de sa gloire et ne l'ont jamais lâchée, auraient aimé être présentes. Personne ne les a prévenues de sa mort. Ces obsèques sont plus que discrètes, elles sont même cachées.

Dans ce qui ressemble à une chapelle laïque, tout paraît démesuré. Les rangées de bancs en bois clair sont bien trop nombreuses pour cette si modeste assemblée. Tous les regards convergent vers le cercueil exposé sur une petite estrade encadrée

1. Entretien exclusif avec l'auteur, juin 2022.

d'un rideau gris ouvert. « C'était quelque chose d'irréel, se dire que cette femme avait connu les fastes de la République, vécu à Los Angeles, possédé des répertoires téléphoniques pleins, et finissait sans personne[2] », se souvient Stéphane.

Derrière la boîte en sapin qui contient le corps, un grand poster affiche un compotier blanc, rempli de quatre oranges et d'un coing sur lequel sont encore accrochées la fine branche qui le retenait à l'arbre, quelques feuilles et une petite fleur. Sur la table, un autre coing mûrit lui aussi. Un jeu d'ombres et de lumières rehausse la teinte marron de cette reproduction imprimée, qui rappelle celle du carrelage en terre cuite de cette salle d'hommage. Une plaque de laiton vissée sur le cadre noir et or laisse apparaître une phrase sentencieuse : « N'oubliez pas que les fruits sont à tous et que la terre n'est à personne. » Personne n'a identifié derrière ces dix-sept mots la dénonciation de la propriété, source de tous les maux, tirée du *Discours sur l'origine et les fondements de l'inégalité parmi les hommes*, publié par Jean-Jacques Rousseau en 1755. Étonnant clin d'œil à la défunte qui, toute sa vie, n'a cessé de dissimuler ses gains et ses biens.

2. Entretien avec l'auteur, juillet 2022.

Sur une musique sirupeuse, l'employée des pompes funèbres, la mine grave, lit un texte d'hommage. Elle ânonne des phrases impersonnelles pour inviter les témoins au recueillement. Le service minimum. « On n'allait quand même pas raconter sa vie. Qu'est-ce qu'on aurait pu évoquer[3] ? » me dit avec une pointe d'agacement Robert. « C'était très froid, on était tous en noir. Je me remémorais les instants où elle était si brillante, elle paraissait tellement insubmersible. Et pourtant, les derniers mois ont été terribles[4] », poursuit-il. Les trente minutes que dure la cérémonie semblent interminables.

« À la fin, on a fait le tour du cercueil. J'ai touché les deux côtés, précise son ami d'Authon. Je me suis souvenu alors de la métaphore de la disparition qu'elle m'avait livrée : "Vous faites ricocher un caillou sur l'eau. Au début, ça fait de grands cercles. Des ondes… Et ça diminue, et à la fin il n'y a plus rien. Eh bien, la mort, c'est ça, Roland[5]." » Les huit amis de la défunte regardent le rideau gris se refermer et tous y voient le signe de la matérialisation du départ. Le bruit

3. Entretien avec l'auteur, novembre 2021.
4. *Ibid.*
5. Entretien avec l'auteur, décembre 2021.

du roulement d'un chariot indique l'imminente mise aux flammes.

La petite assistance s'attarde un peu à l'extérieur devant le jardin de la Stèle, voisine de l'allée du Souvenir et de celle du Colombarium. Cinquante nuances de gris ressortent de ces espaces de dispersion de cendres sur lesquels les familles déposent aussi des fleurs, des cailloux et de petits objets commémoratifs pour honorer leurs morts dans ces rectangles anonymes séparés par des bandes de gazon synthétique. « La faculté de médecine de Nice aux personnes ayant accepté de donner leur corps à la science. *In memoriam* », peut-on lire sur une plaque fixée sur un bloc de granit rose.

Il n'y a plus personne quand, quelques heures plus tard, l'employé du crématorium répand sur l'espace numéro dix les dernières poussières de Fernande Joséphine Grudet. Ce jour-là, à 16 h 42, l'Agence France Presse annonce officiellement sa disparition dans une dépêche de cent trente et un mots classée « urgent ». L'intimité du dernier moment a été tenue, comme Madame Claude l'avait imaginé dans une biographie romancée, parue bien des années plus tôt. « [...] J'ai vécu une vie pleine, visité les plus beaux endroits du monde, côtoyé des hommes et des femmes extraordinaires au sens premier du terme [...]. J'ai connu de grands moments que personne ne soupçonnera jamais, le dessous des cartes de nombreuses situations, et j'ai souri aux multiples poncifs répétés par tout un chacun. Mais je suis très secrète et le mystère n'est vraiment palpitant que lorsqu'il finit avec celui ou celle qui le porte. Si vous voulez en savoir davantage, interrogez la petite poignée de cendres qu'un ami cher lancera un jour au gré du vent dans un endroit bien désert[6] », racontait-elle à la fin du livre.

C'est avec ces mots en tête que je me suis lancé dans cette enquête, sans imaginer les obstacles qui allaient se dresser sur ma route. Car Madame Claude n'a cessé de brouiller les pistes, de réinventer sa vie en créant ce personnage de grande bourgeoise, élégante, froide et discrète, ce mythe d'une marchande de rêve qui a rendu le « vice joli ». Un beau conte de fées, en somme.

Tant d'années après ses heures de gloire, les liaisons dangereuses qu'elle a entretenues avec la police, la classe politique et les puissants restent taboues. « Je suis vraiment confus, les recherches menées par mes équipes dans les archives de la Brigade de répression du proxénétisme versées chez nous ne nous ont donné aucune piste. » « Je ne

---

6. Claude Grudet, *« Madam ». Roman vécu*, Michel Lafon, 1994, p. 304 et 305.

pourrai malheureusement pas vous aider dans vos recherches car, après avoir de nouveau vérifié, il apparaît que nous ne disposons plus d'archives de cette procédure. » « Nous ne pouvons donner une suite favorable à votre demande [...], le dossier de Madame Fernande GRUDET a été détruit. » Ce sont quelques-unes des réponses révélatrices des blocages et refus que je me suis vu opposer de la part de l'administration tout au long de cette enquête. Elles n'ont fait qu'attiser ma curiosité.

Elles m'ont poussé à repartir sur ses traces, à traquer la vérité derrière les faux-semblants et les vrais mensonges, à faire parler les témoins qui ne s'étaient jamais exprimés, à dénicher des archives inédites.

Qui était véritablement cette femme qui a régné sur le plus célèbre réseau de proxénétisme français ? Comment a-t-elle fantasmé son enfance et son adolescence, et quels ont été les débuts de son « activité coupable » ? Qui étaient ses « filles » et ses « amis », c'est-à-dire ses clients ? Pourquoi a-t-elle échappé à la police et à la justice pendant deux décennies ? Comment a-t-elle servi l'État français avant d'être finalement lâchée par le pouvoir ?

Raconter l'histoire de Madame Claude, c'est se lancer dans un véritable jeu de piste, parsemé d'embûches et de chausse-trappes. C'est partir à la rencontre d'une des femmes les plus puissantes de la Ve République dans les années 1960 et 1970, et d'un imaginaire peuplé de fantasmes qu'elle a elle-même alimentés. Je ne me suis pas contenté des apparences et de la légende, j'ai dépassé le mythe pour révéler l'incroyable vie de Fernande Grudet et ses derniers secrets.

1.

Le trottoir

Elle est là, assise face à un grand miroir. Une lampe de chevet éclaire son visage triste et dessine des ombres sur les murs d'une chambre encombrée. L'armoire déborde de vêtements pour dame, des chemisiers décolletés, des jupes plus ou moins fendues, taillées dans des tissus de laine, un manteau permettant de résister aux pires frimas de l'hiver. Des ceintures larges, de grands sacs à main et plusieurs paires de chaussures soigneusement rangées dans leurs boîtes, posées au pied du lit, attendent d'être choisis par celle qui, chaque jour, consacre beaucoup de temps à ce qui est devenu un rituel, une préparation physique et mentale, une transformation la rendant à la fois désirable et capable d'affronter le monde extérieur hostile, les regards désapprobateurs des passants, qui font d'elle une fille de « mauvaise vie », une aguicheuse, une vicieuse. Et pourtant, au-dehors, en ce début de l'année 1945, souffle à Paris un vent de liberté après les années de guerre et d'occupation allemande. Une envie de légèreté et un besoin de s'amuser animent les Parisiens.

Elle saisit un poudrier qui renferme une petite éponge douce. Ses doigts souples commencent par tamponner son large front, descendent sur le nez et les joues avant de terminer leur course sur le menton et le cou. Ses yeux traquent la moindre imperfection, un bouton ou une rougeur à masquer. Quand il le faut, elle s'approche de la source lumineuse pour mieux déceler ces défauts qui l'obsèdent et la complexent. Fernande a vingt et un ans, elle ne s'estime ni belle ni moche, elle se trouve « tarte ». Sa poitrine manque de volume. Et son physique passe-partout laisse les hommes indifférents.

Elle s'applique à poser le mascara sur ses cils sans déborder pour donner plus d'intensité à ses yeux marron. Le discret fard à paupières achève ce travail d'illusion. Le maquillage n'est pas encore terminé, mais déjà elle n'est plus la même.

Fernande Grudet, cet état civil qu'elle déteste, s'est effacée pour laisser place à une créature, à une autre personnalité prête à vendre ses charmes, à louer son corps à des clients, à leur assurer une partie de plaisir tarifée. Ainsi apprêtée, elle est Claude, ce prénom mixte très répandu dans la communauté des prostituées.

Ses mains habiles déroulent des bas à maille fine qui galbent ses jambes et ses cuisses, et viennent s'accrocher à un porte-jarretelles en soie. Elle se dit que ces dessous soignés sauront exciter les hommes, et donc expédier ces passes de plus en plus pénibles à supporter.

Elle tient une brosse qu'elle fait danser dans ses cheveux pour les dompter. Il lui reste encore à rougir ses lèvres et à se parfumer d'une fragrance discrète, indétectable par les épouses trompées. Dans quelques minutes, une fois habillée de cet ensemble gris anthracite et chaussée d'escarpins à talons qui rehausseront son mètre soixante, elle sera une femme plus accorte.

Fernande ne traîne pas dans les couloirs de cet immeuble de Montmartre. Elle accélère un peu le pas lorsqu'elle approche de la loge de la gardienne. Elle n'a pas envie de la croiser, de se faire dévisager de la tête aux pieds, et de lire en elle des réactions hostiles. Il y en aura bien assez dans la soirée. Des hommes qui la sifflent, des « marcheuses », comme elle, qui la toisent, des femmes qui la méprisent et l'insultent.

Combien de temps encore pourra-t-elle supporter la violence du trottoir, échapper à la tutelle d'un proxénète que ses concurrentes, jalouses de sa liberté, veulent lui mettre dans les pattes, et repousser les demandes humiliantes des hommes qui la paient ? Le piège s'est refermé sur elle depuis qu'elle a franchi le Rubicon par nécessité financière. « J'avais une certaine expérience de la prostitution, y ayant eu recours dans certains moments difficiles[1] » : cette phrase écrite dans son premier livre constitue le seul aveu d'un passé honteux qu'elle occultera à jamais, y compris avec les filles de son réseau.

La butte Montmartre grouille de monde. L'atmosphère canaille qui règne ici continue d'attirer des touristes étrangers, des provinciaux en goguette et des noceurs parisiens. Il y a tant à observer dans ce quartier où le spectacle est permanent. Il y a ces tapineuses qui, comme elle, tentent d'alpaguer le client et de l'amener dans des hôtels de passe. Il y a les chasseurs à la voix tonitruante prêts à tous les mensonges pour faire entrer dans les cabarets de nu, les boîtes à strip-tease et les bars à hôtesses des hommes espérant conclure avec les effeuilleuses aux poses lascives et suggestives. Pour dix ou quinze francs par passage, elles se dénuderont. Ces messieurs paieront des fortunes du champagne

---

1. Claude Grudet et Jacques Quoirez, *« Allô oui » ou les Mémoires de Madame Claude*, Stock, 1975, p. 38.

que les serveurs feront en partie couler à côté des verres, histoire de pousser à la consommation.

« Narcisse présente la revue *Lesbos*. Spectacle ininterrompu de 10 heures à 4 heures du matin. Trente danseuses et mannequins. Le spectacle le plus riche et le plus nu à Paris », indique un panneau à l'entrée de l'un des plus célèbres cabarets du quartier. Fernande ne sait pas qu'à la place du Narcisse se tenait, bien des années plus tôt, le café la Nouvelle Athènes, où s'attablaient les peintres Alfred Sisley, Claude Monet, Paul Cézanne et, à l'occasion, Vincent Van Gogh. Aucun de ces grands noms de l'impressionnisme ne lui parle. Les poètes, les écrivains et les musiciens non plus.

Les religieuses de l'institution Jeanne-d'Arc, puis de l'Immaculée-Conception à Angers avaient plus à cœur d'enseigner aux jeunes filles le français, les mathématiques et la parole de Dieu que de les sensibiliser à l'art. Fernande se revoit en juillet 1935, alors qu'elle venait de fêter ses douze ans, recevoir un premier prix d'instruction religieuse et un simple accessit en morale[2]. Ce petit signe du destin, qui

2. Enquête menée par la journaliste et réalisatrice Mériem Lay, auteure du film *Madame Claude, sexe, mensonges et secrets d'État*, collection « Un jour / un destin », France 2, septembre 2010.

la fait sourire, appelle d'autres images enfouies dans sa mémoire. Elle pense à ses parents Alfred et Joséphine, ancien mouleur en fer et ancienne ouvrière en chaussures[3]. Elle les revoit s'affairer sept jours sur sept dans leur petit bistrot de la rue Diderot devant la gare de la Maître-École. Elle se souvient de son père, qui, pour améliorer l'ordinaire et lui garantir une existence digne, poussait une charrette à bras sur les quais de la gare afin de vendre aux voyageurs boissons et casse-croûte. Fernande, venue au monde alors qu'Alfred avait déjà quarante ans et sa mère trente-huit, est une enfant unique depuis le décès de sa grande sœur, Joséphine Henriette, comptable à Paris, morte à l'âge de dix-neuf ans en octobre 1924. La petite n'avait que quinze mois quand est survenu le drame.

Dans sa tête, le film défile à vive allure. Que reste-t-il de la jeune fille insignifiante au teint pâle et à la grande frange, si complexée par sa condition sociale qu'elle s'inventait une famille bourgeoise, un père maire de la ville, ancien élève de l'École nationale supérieure d'arts et métiers, et un grand-père propriétaire d'une aciérie ? En arpentant les rues

3. Métiers apparaissant sur l'acte de naissance (numéro 437) de Fernande Joséphine Grudet à la maternité de l'hospice d'Angers le 6 juillet 1923.

du Paris populaire qui entoure Montmartre et son imposante basilique dédiée au cœur du Christ, tout lui remémore son enfance, les trognes des gens de peu, les ouvriers des usines Bessonneau, qui fabriquaient des voiles et des cordages pour la Marine nationale, et leur verbe gouailleur, les esprits échauffés par l'alcool et les bagarres qu'ils déclenchaient. Le 26 janvier 1941, Alfred Grudet, son père, meurt à l'hôpital d'un cancer du larynx, seize jours avant son cinquante-huitième anniversaire. Joséphine, son épouse, n'a jamais refait sa vie. Fernande, qui n'avait que dix-sept ans, s'est juré qu'elle changerait de classe, de monde. Elle était portée par une soif de revanche, une ambition dévorante, une envie de réussite.

À Montmartre, elle est marquée par l'odeur de champagne, de clopes, d'eau de Cologne et de « pognon » sale que font flotter la pègre et ses figures, les rois du proxénétisme et de l'escroquerie, parmis lesquels la bande des Trois Canards, mais aussi Brahim Victor Attia, dit « Jo Attia », fondateur du gang des Tractions Avant, spécialisé dans les attaques à main armée et devenu, à la tête de son cabaret le Gavroche, le juge de paix du Milieu. Les policiers de la Mondaine les surveillent et trouvent auprès d'eux de quoi remplir leurs notes blanches sur les mœurs des puissants. Les voyous se font « indics » pour protéger leurs affaires. La tolérance a un prix, à Pigalle tout se négocie. Les Corses et les pieds-noirs se disputent cet eldorado de moins d'un kilomètre carré où les différends se règlent dans le sang. La jeune femme n'est pas insensible à ces mauvais garçons. Elle dira bien plus tard, dans un livre où elle invente sa légende, avoir connu Pierre Loutrel, dit « Pierrot-le-Fou », et Émile Buisson, dit « Mimile » ou « Fatalitas », deux ennemis publics. La mort du premier en 1946 et l'arrestation du second en 1950 rendent ce scénario peu probable.

Absorbée par le ciel mordoré que dessine le soleil déclinant, elle marche en se perdant dans des pensées tristes et culpabilisantes. À la douleur de louer son corps à des inconnus s'ajoute celle d'être une fille-mère rejetée par la société et incapable de nouer un lien affectif avec Annie, cette enfant qu'elle a mise au monde le 5 septembre 1942, à 2 heures du matin, en pleine guerre et en zone occupée, dans la salle d'accouchement de la clinique Sainte-Élisabeth à Saint-Palais, au Pays basque. C'est auprès de la mairie de cette commune rurale située à soixante kilomètres de Bayonne, au carrefour des chemins de Compostelle, que je récupère la copie intégrale de son acte de naissance. Personne n'avait eu la curiosité de consulter ce document manuscrit. En le lisant, je découvre que c'est l'accouchée elle-même, domiciliée à Ascarat, qui a déclaré « la reconnaître », à défaut de père. Fernande a vu dans l'orphelinat qui jouxtait l'hôpital la quinzaine de « filles d'ouvriers, pauvres enfants qui apprécient la table bien servie, les longues promenades, les leçons de grammaire, les leçons de couture, et surtout la prière en commun, la Communion fréquente. Elles, qui viennent parfois de milieux peu recommandables, essaient de se faire une âme chrétienne[4] ».

Annie n'est pas une orpheline, mais elle a appris à grandir sans parents, élevée par Joséphine, sa grand-mère maternelle veuve, qui a su combler les manques et à laquelle elle est restée très attachée.

À la fin des années 1950, elle est une jeune fille de dix-sept ans qui désormais se fait appeler Anne et ignore tout de l'activité de sa mère, de l'argent gagné en faisant payer les désirs secrets et les pulsions sexuelles des clients. Mais que sait-elle de sa propre histoire, de sa filiation ? Après avoir essuyé un refus très aimable exprimé dans une lettre, je tente de lui parler en l'appelant sur son portable. De façon inespérée, elle se confie. Elle me dit toute

4. Archives de la communauté des sœurs de saint François d'Assise.

la douleur de cette relation ratée avec sa mère, de l'absence d'amour et des blessures imprimées à jamais. Et lorsque j'aborde la question de son père : « J'ai le sentiment d'être arrivée à un moment qu'elle n'attendait pas. Sans doute n'est-elle pas tombée enceinte de la personne dont elle voulait un enfant[5] », dit-elle pudiquement. Dans son premier livre, sa mère évoque sa rencontre avec un certain « J. », un résistant arrêté et mort en déportation. « Je reste seule, enceinte de J…, et pour mon plus grand bonheur à moi – et pour le plus grand scandale de ma famille – j'eus une petite fille rousse. Elle naquit dans une province éloignée de mes proches, leur évitant ainsi le déshonneur dans leur propre ville. Je me souviens de cette naissance et de la première fois où, dans une affreuse clinique du Pays basque, je tiens cette petite chose, chaude mais chauve, dans mes bras. […] Je n'éprouvai ni émotion ni tendresse particulière : je savais seulement que j'avais pris le plus grand engagement de ma vie[6] », écrit-elle.

Sur l'acte de naissance de sa fille, Fernande Grudet déclare être domiciliée à Ascarat, à une trentaine de kilomètres de la ville de Saint-Palais,

5. Entretien avec l'auteur, juin 2022.
6. Claude Grudet et Jacques Quoirez, *« Allô oui » ou les Mémoires de Madame Claude*, *op. cit.*, p. 19 et 20.

où elle a accouché. Je me mets en tête de retrouver les traces de son passage dans ce village.

Un archiviste passionné me met sur une piste intéressante. En 1945, quatre ans après le décès d'Alfred Grudet, sa veuve veut vendre, au numéro vingt et un de l'impasse Diderot à Angers, « une maison élevée sur sous-sol, d'un rez-de-chaussée composé de quatre pièces surmonté d'un grenier. Un bâtiment renfermant cinq garages, terrain y attenant. Le tout d'une contenance d'environ neuf cent onze mètres carrés[7] ». Pour permettre à sa mère de céder ce bien, l'héritière Fernande Grudet fait établir le 6 novembre 1944 une procuration chez un notaire de Saint-Jean-Pied-de-Port, au Pays basque.

Elle habite alors la villa Béak Gochoki, qui peut se traduire par « Bien Ensemble ». Le propriétaire actuel de cette maison d'Ascarat, construite en 1930, l'a achetée à un aviateur cinquante ans plus tôt. « Pendant la Seconde Guerre mondiale, le village était occupé par les Allemands et un officier vivait au château posé sur un coteau. J'ai entendu dire que la villa Béak Gochoki était occupée par la fiancée de ce dignitaire nazi[8] », me lance-t-il au télé-

7. Transcription hypothécaire issue du fonds des archives départementales de Maine-et-Loire.
8. Entretien avec l'auteur, janvier 2022.

phone. J'interroge aussitôt les archives départementales des Pyrénées-Atlantiques. Un mois plus tard, je reçois leur réponse, accompagnée d'un dossier. Dans les pièces qui le composent, je trouve un ordre de réquisition d'immeuble signé par le maire de la commune en mai 1941. Il prend fin en octobre de la même année.

Impossible de savoir précisément à quel moment Fernande Grudet est entrée dans cette villa, ni si elle a bénéficié d'une faveur allemande. A-t-elle fréquenté Klaus Fisch, personnage trouble, espion allemand en lien avec les réseaux franquistes, établi dans la même ville qu'elle ? L'histoire ne le dit pas. « Elle avait un amant, un grand homme au physique allongé, que l'on avait surnommé en basque *gako inglesa*, ce qui veut dire clé anglaise. Il venait la voir à vélo », me confie une habitante d'Ascarat, qui avait douze ans en 1942.

Fernande Grudet a-t-elle fui Angers enceinte ? De quoi vivait-elle ? Comment a-t-elle traversé les années de guerre ? Les fils de l'histoire ne sont pas simples à dénouer ; il faut s'accrocher aux éléments vérifiés qui viennent ébranler ses versions maintes fois racontées et modifiées au fil des entretiens et des ouvrages. Une chose est sûre : de septembre 1942, au moins, à novembre 1944, celle qui n'était pas encore Madame Claude a vécu dans un secteur contrôlé par les Allemands.

Sa présence au Pays basque balaie en tout cas le passé de résistante qui lui aurait valu d'être déportée à Ravensbrück. Elle rend impossible l'aide apportée à Geneviève de Gaulle, la nièce du général arrêtée par la Gestapo en février 1944 pour des faits de Résistance et déportée dans ce camp de concentration allemand pendant quatorze mois. Les archives des convois et des camps de déportés ne mentionnent jamais le nom de Fernande Grudet.

Les longues files de voitures qui se forment près des grands magasins, le bruit des klaxons, l'agitation créée par la sortie des bureaux, ramènent Fernande à la réalité. Comme tous les soirs, elle va battre le trottoir de la rue Joubert ou celui de la rue Godot-de-Mauroy dans ce IXe arrondissement qui, quinze ans plus tôt, concentrait, avec les IIe et VIIIe arrondissements, les maisons closes de la capitale. Au numéro vingt-neuf de la rue Joubert se tenait le lupanar le plus connu, ouvert sous le Second Empire, et fréquenté plus tard par le peintre Henri de Toulouse-Lautrec. Et c'est dans un « établissement de bains » de la rue Godot-de-Mauroy que débuta Marthe Betenfeld, une jeune prostituée nancéienne qui épousera un riche industriel rencontré dans ce bordel. Elle deviendra une grande bourgeoise, plus connue sous le nom de Marthe Richard, aviatrice, espionne, et qui, après un rôle trouble pendant la guerre, donnera en 1946 son nom à une loi interdisant les maisons de tolérance et faisant du racolage un délit passible d'une peine d'emprisonnement qui ne sera pas appliquée. 1946, l'année des vingt-trois ans de Fernande Grudet.

Les enseignes commerciales crachent une lumière trop crue, celle des réverbères est plus douce. Elle entoure son visage d'une lueur chaude. C'est à proximité de l'un d'eux, et à bonne distance des autres filles, que Fernande s'installe. Car chaque prostituée défend son bout de bitume. Les territoires du sexe ont leurs lois, leurs codes et leur langage fleuri. Les insultes fusent et les altercations éclatent lorsqu'une « nouvelle » arrive. Fernande n'a pas de temps à perdre, elle doit faire du chiffre.

Ici, près de la Madeleine, le quartier est plus chic que Pigalle, le tarif des plaisirs est à la tête du client. Fernande sait que tout se joue en un instant furtif, quelques secondes seulement pour capter son regard, susciter son envie, trouver les mots qui, prononcés d'une voix doucereuse, promettent une brûlante extase, s'entendre sur le prix et le faire monter.

« Viens, mon chéri, tu vas aimer ce que je vais te faire. Avec moi, le plaisir est garanti. Crois-moi, tu ne le regretteras pas ! »

Dans le hall d'un hôtel sans charme, le réceptionniste ne lève plus la tête, blasé sans doute par les allées et venues incessantes des prostituées et de leurs clients. Fernande prend la clé de la chambre située au fond du couloir au deuxième étage. Le mobilier est sommaire, la tapisserie et la moquette sans âge et l'eau plus ou moins tiède. Le client ne voit pas la sonnette avec laquelle la fille donnera l'alerte en cas de malheur. Comme le veut l'usage, il verse d'avance le prix de la passe.

Avec les gestes précis et l'autorité d'une professionnelle, elle lave le sexe de cet homme ventripotent assis sur le bidet. Ses doigts caressent sa chair blafarde et flasque. Il se laisse faire, amusé par ce rituel qui marque le début de la partie de jambes en l'air. Elle a compris que son fantasme est d'être dominé, alors elle lui donne des ordres, menace de le fesser s'il ne les respecte pas, et l'homme s'exécute. Il grimpe sur le lit. Fernande allonge son corps triste sur lui et se redresse. C'est elle qui mène la danse. En quinze minutes à peine, elle le fait jouir et simule l'orgasme. L'homme affiche un sourire béat, presque bête. Il a les yeux mi-clos, il aimerait que l'instant s'éternise.

Dans la salle de bains, Fernande se lave à grande eau. Elle frotte fort, comme pour effacer l'acte. Elle enfile un peignoir dans la poche duquel le client glisse des billets de gratification. Il veut encore une marque d'attention, un signe d'affection, une embrassade. Elle n'a plus rien à lui donner. La porte de la chambre claque. Tel un automate devant la glace, elle exécute des gestes mécaniques. Un coup de brosse et un éclat de couleur sur ses lèvres. Elle remet ses habits de marchande des voluptés.

Qui sera le prochain à coucher avec elle ? Qui paiera cette experte de la bagatelle ? En quelques mois d'activité, Fernande sait tout des hommes, de leur indélicatesse, de leur bestialité et de leur goujaterie. Elle connaît les puceaux maladroits à qui les pères offrent le prix du déniaisement, les bourgeois sadiques qui s'érigent en parangons de vertu, les peureux qui craignent d'être vus après avoir pris leur pied, les extravagants en quête de sensations fortes, les vicieux qui viennent chercher ce dont ils sont privés dans leur couple et les répugnants qu'aucune femme ne désire.

L'aube n'a pas encore effacé la nuit. Il est 2 heures du matin. Dans le taxi qui la ramène chez elle, l'autoradio crache une chanson d'amour. Le masque d'ombre que traçaient les blessures de l'âme sur son visage s'estompe. Elle se met à rêver. Et si, un jour, un homme engageait son cœur ?

Le lendemain soir, Fernande quitte Montmartre illuminé par les néons des cabarets coquins pour son bout d'asphalte près de la Chaussée-d'Antin. Il lui faut toujours se faire violence pour s'extirper de son quotidien et rejoindre la cohorte des « arpenteuses ». À peine est-elle installée qu'un homme d'un peu plus de quarante ans l'aborde. Jacques n'a pas un physique de play-boy, mais son charme vient d'une apparente gentillesse. Son regard parle pour lui. En le fixant droit dans les yeux, elle ne sent pas de perversité cachée ou de mauvaise intention. Il n'aura pas de demande tordue ou de désir compliqué, seulement une passe raisonnable.

Elle n'aurait jamais imaginé qu'un client puisse la faire jouir. Les quinze minutes réglementaires sont largement dépassées, et pourtant ils se tiennent encore l'un contre l'autre dans les draps froissés, avec la sensation étrange d'avoir vécu tous les deux une belle expérience de couple. Celui qu'il forme avec son épouse Suzanne n'offre plus ces moments d'abandon.

Les disputes qui se répètent, l'amour qui s'étiole, la distance qui s'installe, Fernande l'écoute sans manifester le moindre ennui. Elle trouve des mots réconfortants, apaisants face au récit implacable de la dislocation des sentiments. Elle se surprend même à avoir des gestes tendres. Leurs lèvres se trouvent. Dans cette pièce triste, elle parvient à envelopper cet homme blessé d'une douce chaleur. Jacques est imprimeur et, à l'image de son union avec Suzanne, sa petite entreprise connaît la crise.

La discussion s'éternise, les amants d'un soir finissent par s'endormir. Fernande ne se doute pas que cet homme va lui donner l'impulsion nécessaire pour se lancer, elle aussi, dans les affaires. Avant lui, en octobre 1946, elle avait déjà ouvert un magasin de bonneterie, tissus et mercerie, au numéro quatorze de la rue Eugène-Carrière, dans le XVIIIe arrondissement de Paris, et, en avril 1947, un surprenant commerce de poissons et de volailles au numéro un de la rue Damrémont, dans le même quartier. Peut-être des couvertures d'une activité moins avouable. Dans un acte notarié daté de 1953 pour l'achat d'un studio au numéro cinquante de la rue Doudeauville, dans le quartier de Barbès, elle déclare être sans profession. C'est encore le cas lorsqu'elle revend l'appartement en empochant une plus-value de cinq cent mille francs cinq ans plus tard. Elle déclare même ne pas être commerçante. Et pourtant, elle a déjà lancé son affaire. Un ancien coiffeur, qui l'a connue à ses débuts, prétend qu'elle aurait racheté un fonds de clientèle à une proxénète désireuse de passer la main. Elle a la certitude qu'elle sera bientôt quelqu'un, qu'elle fera du vice un joli commerce, une affaire en or où l'illusion de l'amour fera oublier le côté sordide des passes dans des hôtels miteux. Elle va bâtir son empire du sexe, sa « coupable industrie », et écrire la légende de Madame Claude.

2.

La coupable activité

Elle se tient droite dans la chambre et ajuste le col lavallière de son chemisier dont elle aime l'aspect soyeux et fluide. Ce vêtement de tissu rose lui donne des allures de grande dame. Rien ne dépasse, tout est en place. La veste et la jupe du tailleur acheté chez un grand couturier de l'avenue Montaigne toute proche sont parfaitement ajustées. Les chaussures à talons qu'elle enfile lui font oublier sa courte taille, à laquelle elle ne peut se résigner. Elle sait trop combien la première impression fige, dans la mémoire de ceux qui vous rencontrent, une image impossible à corriger si elle n'est pas bonne.

Le bruit de la sonnette de l'entrée et celui du téléphone se confondent, et finissent par couvrir le morceau de musique classique que la platine joue. S'ajoute à cela le concert cacophonique du Paris du début des années 1960, causé par les embouteillages, les moteurs vrombissants et les klaxons intempestifs de l'avenue des Champs-Élysées. Au numéro dix-huit de la rue de Marignan se tient un fier immeuble haussmannien qui, au cinquième et dernier étage, abrite un studio dans lequel officie Fernande Grudet.

Dans ce quartier dit François-Ier, cette voie marque la victoire en 1515 à Marignan. Madame Claude, qui porte le prénom de l'épouse de ce jeune souverain, mène, elle, une autre bataille. Elle est, à sa manière, la reine du plaisir assumé, des mœurs libres et de l'amour tarifé contre les tabous, la bien-pensance et l'ordre moral. La discrétion, la dissimulation et les apparences bourgeoises fondent sa stratégie. Son armée est une escouade d'ambassadrices de charme, qu'elle sélectionne et formate pour atteindre ce qu'elle estime être la perfection.

Dans le salon éclairé par une lumière douce et meublé sommairement, elles sont six jeunes femmes d'une vingtaine d'années à avoir pris place sur un long canapé. La secrétaire leur a demandé de s'asseoir sans leur donner plus de détails sur la manière dont allait se dérouler le recrutement. Leurs regards se croisent, des sourires timides s'esquissent sur leur visage et laissent place à des moues interrogatives.

Aucun mot n'est prononcé. Elles se demandent toutes quand va prendre fin ce long moment depuis leur entrée dans l'appartement. Madame Claude fait durer l'attente. C'est pour elle un moyen de les mettre sous pression, d'évaluer leur patience, de mesurer leur résistance.

Devant le miroir, d'un coup de brosse, elle dompte une dernière mèche rebelle. Un trait de rouge éclaire ses lèvres. Sa montre indique 15 h 15, ces quatre chiffres en signe de clin d'œil la font sourire. Elle saisit la poignée avec fermeté. La porte qui claque derrière elle fait sursauter les filles.

« Bonjour mesdemoiselles, je vous remercie d'être venues jusqu'à moi ! » leur dit-elle d'emblée. Ses yeux perçants scannent toutes les silhouettes, des pieds à la tête. Ils fixent les jambes, les fesses, la poitrine, la bouche, le nez, les yeux, les cheveux. Tout va très vite. « Tenez-vous droites et souriez, s'il vous plaît ! Je veux voir votre plus beau sourire », ajoute-t-elle pour vérifier les dentitions.

Les instantanés qu'elle emmagasine concentrent tous les défauts repérés. Il n'est pas nécessaire de les consigner dans un cahier, elle a tout en tête. Les seins à redessiner, les paupières à tendre, les dents à redresser ou à blanchir. Sur le canapé, Maïté se présente ici pour la seconde fois.

« La première fois, elle n'a pas voulu de moi[1] », se souvient-elle en souriant, sans en connaître la raison. L'année précédente, en décembre 1962, la jeune femme de dix-neuf ans, originaire du Territoire de Belfort, mais déjà installée à Paris, participe au concours de Miss France au Grand Théâtre de Bordeaux. Une professeure de mathématiques d'Angoulême décroche le titre.

Maïté poursuit son activité de mannequin. Son visage fin et espiègle, son corps parfait et ses longs cheveux blonds font d'elle une fille que l'on remarque. « C'est un gars qui était rabatteur pour Claude qui m'a dit un jour : "Tiens, si tu veux gagner de l'argent, je connais une adresse[2]." » Maïté ose pousser la lourde porte cochère du numéro dix-huit de la rue de Marignan. Cette première rencontre ne donne rien.

Quelques mois plus tard, tout change. Face aux jeunes femmes qui attendent de savoir ce que pense d'elles cette experte, Madame Claude est avare de commentaires. « Je la vois toujours debout, avec ses cheveux bruns ; elle s'est retournée et elle m'a dit : "Toi, je ne te laisserai jamais tomber." Et moi, je lui ai répondu : "Oh ben, de toute manière, je

1. Entretien avec l'auteur, mars 2021.
2. *Ibid.*

ne sais pas comment sera ma fin, mais moi je suis née dans une chambre de bonne sans chauffage[3]" », me raconte Maïté lorsque je la rencontre chez elle à Belfort. La réalité sera bien celle-là. Le lien ne se rompra jamais entre les deux femmes, jusqu'à la fin de la vie de Claude. « Elle était très dure, mais elle avait quand même une faiblesse. Cette faiblesse, elle la masquait, parce que sinon son affaire n'aurait jamais marché[4] », ajoute-t-elle.

La ligne BAL/2049, qui reprend l'indicatif du quartier (Balzac), le numéro du central et de l'abonné, n'arrête pas de carillonner dans le salon. La secrétaire tente de faire patienter les rares initiés à posséder ce sésame, des « amis » selon le terme de Claude, pour ne pas dire clients. Des hommes pour lesquels elle n'est qu'une voix aux intonations à la fois onctueuses et fermes.

La blondeur de ses longs cheveux, ses grands yeux, sa ligne élancée, sa poitrine bien dessinée, l'ovale de son visage : Maïté coche tous les critères de beauté qui plaisent à la proxénète. Elle se réjouit de faire entrer dans son giron cette femme qui saura envoûter les hommes, leur laisser d'incroyables souvenirs et leur donner envie de la revoir.

3. *Ibid.*
4. *Ibid.*

« Maintenant, vous serez Marianne pour mes amis. Je vous fais signe très vite. Soyez prête à tout moment », lui lance la proxénète avec l'assurance d'une femme à poigne.

En descendant les marches du grand escalier recouvertes d'un épais tapis, Maïté se perd dans ses pensées. L'appât du gain peut-il justifier à lui seul la décision de se prostituer ? Que diraient ses parents s'ils savaient dans quoi elle s'embarque ? Supportera-t-elle ce lourd secret ? Rien n'est fait pour l'instant. Elle peut encore dire non, et la possibilité du choix atténue le sentiment de culpabilité qui pourrait l'étreindre. Le bruit de la rue coupe court à la réflexion. Elle décide de rentrer à pied, la marche chassera les idées noires.

Plusieurs jours se sont écoulés lorsque la jeune femme revient dans le bureau de Madame Claude. Assise sur la banquette, elle lui enjoint de s'approcher d'elle et de lui confier son sac à main. La suite, c'est l'entremetteuse qui l'a elle-même narrée, des années plus tard, sur un ton péremptoire et agacé. « [...] Je prenais le sac à main et je le retournais, et alors là, tout pouvait arriver, et tout arrivait généralement. Y avait un vieux peigne, un préservatif, non pas qui avait servi mais qui n'était pas tout à fait net, un vieux rouge à lèvres, enfin de tout, et là, j'expliquais qu'il fallait sérier les questions, qu'il fallait avoir des pochettes avec des sprays, l'autre avec le maquillage, l'autre… Que tout soit propre, que tout soit bien ciré, qu'il n'y ait pas de poussière dans les soufflets, qu'il n'y ait pas de poussière en dessous, que les chaussures soient bien cirées, et qu'on cire même l'intérieur, sous la chaussure, là, entre le talon… Eh oui, oui ! C'était la perfection, c'était la perfection[5]. »

Le téléphone sonne dans le grand appartement qui fait face à l'hôpital Marmottan dans le XVIIe arrondissement de Paris. Le coup de fil stoppe la partie de cartes qui se joue à l'heure du thé. Chaque après-midi, la propriétaire des lieux reçoit chez elle des femmes à qui elle apprend les règles du bridge. « Mademoiselle, on vous demande », dit-elle en frappant à la porte de la chambre que loue Maïté depuis plusieurs mois. La conversation est brève. Il ne lui faut que quelques minutes pour rassembler quelques affaires dans un sac, se recoiffer, enfiler un manteau et descendre dans la rue. Dans le taxi qui prend la direction de l'aéroport du Bourget, tout se bouscule dans sa tête. « Téhéran », « rencontre »,

5. Cassette vidéo *Les Conseils de séduction de Madame Claude*, réalisation Jean-Bernard Andro, © PolyGram video, Noé productions, 1994.

« agréable » : voilà les trois mots qu'elle a retenus de l'échange avec Claude. Elle ne lui a pas laissé le temps de réfléchir, elle lui a simplement intimé de faire vite. Les puissants n'aiment pas attendre.

Cela fait quelques mois maintenant que Maïté travaille chez Claude, mais c'est la première fois qu'elle est amenée à voyager aussi loin un jour de mars 1963. Elle ne connaît rien de l'Iran, de ce qu'elle va pouvoir visiter, de la manière dont elle sera accueillie à son arrivée, et du moment d'extrême intimité qu'elle partagera avec le monarque de ce pays influent du golfe Persique.

À l'avant du Douglas DC-8 de la compagnie U.T.A., elle ajuste sa ceinture, étend ses jambes et observe autour d'elle des hommes d'affaires cravatés, une cigarette à la main. « Que porter, qu'emporter les premiers week-ends[6] ? » : c'est la question que pose en couverture le magazine *Elle* qu'elle tient dans ses mains.

Lorsque le pilote annonce l'atterrissage imminent, Maïté émerge d'un long sommeil. Elle n'a pas vu passer les six heures de vol. En sortant de l'appareil, saisie par la fraîcheur de la température extérieure, elle enfile son manteau de fourrure. Une voiture attend sur le tarmac. L'échange avec le chauffeur

6. *Elle*, numéro 894, 15 mars 1963.

est bref. Installée à l'arrière du véhicule, elle observe à travers la vitre les signes d'une mégalopole en construction.

La chambre du Royal Tehran Hilton offre une vue imprenable sur les montagnes de l'Elbourz qui dominent la capitale iranienne. Son confort tranche avec l'apparente austérité de l'impressionnant bloc de béton, conçu par un architecte local et inauguré l'année précédente. Dans quelques heures, elle rencontrera le dirigeant iranien. Le temps de se couler un bain et de se préparer.

Maïté ne découvrira pas le palais du Gulistan, chef-d'œuvre de l'ère qadjar, construit au début du XIXe siècle autour d'un jardin composé de bassins et de massifs plantés. C'est là où le shah d'Iran, second monarque de la dynastie Pahlavi, exerce son pouvoir de manière autocratique, réprimant toute opposition au régime. Mohammad Reza, fait prince héritier à six ans, militaire de carrière, a vu son père forcé à abdiquer après l'envahissement du pays par les Anglais et les Soviétiques en 1941. Lorsqu'il accède au trône en septembre de la même année, le pays est occupé au nord par les Russes, et au sud par les forces britanniques. Il fera face à une tentative d'assassinat en 1949, à un coup d'État soutenu par les Américains en 1953 qui le contraindra à un exil romain, avant de revenir des mois plus tard en maître du pays.

La fille de Madame Claude a été conduite dans un bel appartement. Le personnel s'affaire pour dresser la table d'un dîner en tête-à-tête quand, tout à coup, un bruit venu du couloir fait monter la tension dans la pièce. Maïté se lève. La porte s'ouvre ; derrière ses gardes du corps apparaît le souverain dans son costume gris en flanelle avec son visage allongé et sérieux, son haut front, ses sourcils broussailleux au-dessus d'une paire de lunettes en écaille. D'une voix flûtée et dans un français impeccable, il lui propose une coupe de champagne, puis l'invite à goûter le caviar d'Almas, un caviar blanc très cher issu d'une rareté de la nature, les esturgeons béluga albinos, pêchés dans les eaux cristallines de la mer Caspienne. « Le shah d'Iran, il ne va pas vous mettre n'importe quel caviar, quand même. J'en ai ramené des dizaines de boîtes. J'en avais tellement dans mon réfrigérateur que je ne pouvais pas tout manger et que je le laissais pourrir[7] », m'explique Maïté en se remémorant ces années fastes.

Elle l'écoute parler de la fièvre typhoïde qui aurait pu le tuer enfant, de sa certitude d'être soutenu par la Providence après avoir échappé plusieurs fois à

7. Entretien avec l'auteur, mars 2021.

la mort, de ses études en Suisse et de son pays dont il veut faire une grande puissance. À la façon dont il s'exprime, elle sent bien qu'il se détend. Il n'a plus cette figure figée, ce masque de l'autorité. Des sourires lui donnent un peu plus de charme. Maïté est à l'aise. Elle n'éprouve pas de gêne. Elle a le sentiment de vivre une expérience qui aurait été impossible sans Madame Claude et son incroyable fichier de personnalités de haut vol. Comment imaginer qu'une jeune femme d'un milieu simple de Belfort puisse accéder au souverain d'un pays du Moyen-Orient ?

Il place un disque sur la platine et l'invite à danser. Elle se redresse et l'enlace. Le diamant caresse le microsillon et fait résonner les notes pures d'un slow très orchestré. Les pulsations des cœurs épousent le rythme langoureux de la musique. Leurs lèvres se rencontrent, leurs langues se frôlent, et leurs corps s'aimantent instantanément. Maïté mène la danse. Elle attire le shah vers la chambre pour ce moment de plaisir « commandé » qui lui a fait parcourir des milliers de kilomètres, pour cette prestation qui doit absoudre toute vulgarité, et avoir l'apparence d'un jeu badin.

Les préliminaires ont duré une éternité. L'acte sexuel est vite expédié. « Je sais que je ne lui ai pas plu parce que, quand on plaisait, il gâtait la fille, il lui faisait un beau cadeau. Il offrait des bijoux ou des pierres précieuses. Et là, je n'ai rien eu[8] », précise-t-elle, déçue de cette rencontre. Plus tard, elle vivra une autre expérience avec Chapour Bakhtiar, l'éphémère Premier ministre du monarque iranien avant la chute du régime. Des moments dont elle garde des souvenirs plus heureux. « Quand on allait au restaurant, il mettait une perruque, pour ne pas qu'on le reconnaisse, et, évidemment, on buvait du très bon champagne. Moi, je ne bois pas de l'eau. Bon, on n'a pas dîné des centaines de fois, mais deux ou trois fois à Téhéran. Il m'a offert une turquoise avec plein de brillants. Là, je lui avais plu, à Chapour. Il était très sympathique avec moi et très bien physiquement. Mieux que le shah d'Iran, d'ailleurs. Il avait plus d'allure[9] », se souvient Maïté.

Dominique, une autre fille, grande et blonde, entrée dans le réseau de la proxénète un peu plus tard que Maïté, peut aussi se targuer d'avoir partagé un moment avec le shah d'Iran. « Toutes les belles filles de chez Claude allaient chez le shah, et il nous arrivait de partir à deux ou à trois[10] », me glisse-t-elle.

8. Entretien avec l'auteur, mars 2021.
9. *Ibid.*
10. Entretien avec l'auteur, juin 2020.

Elle date leur premier rendez-vous de l'année 1970. « Je vous prie de m'excuser pour mon retard », lui dit-il d'emblée en arrivant dans un ministère. Il lui sert un verre, elle lui prend la main et la garde. La suite obéit au même rituel. La platine, le disque, la danse et la position horizontale. « Claude m'avait dit : "Ne t'inquiète pas, cela se passe très, très facilement. Ne lui fais rien de particulier, surtout pas de gâteries. Il ne t'en fera pas, ne lui en fais pas." Cela ne s'est pas du tout passé comme ça. J'ai tout fait, il m'a tout fait. Et on a fait l'amour deux fois. C'est quand même incroyable d'avoir vécu ça. Se retrouver devant le shah qui se rhabille et qui me dit en laçant ses chaussures : "Ah, là, là, la barbe, toujours les lacets qui se défont quand je suis dans un truc officiel et que je ne peux pas me baisser pour les remettre[11]" », me raconte-t-elle avec nostalgie.

L'homme du régime qui joue l'intermédiaire tente, lui aussi, d'obtenir les faveurs de Dominique. « On avait des consignes de Claude de ne surtout pas coucher avec le type qui s'occupait de faire venir les filles. Cela aurait fâché le shah. Il a essayé, mais je l'ai repoussé[12]. » Le lendemain, un employé

11. *Ibid.*
12. *Ibid.*

du palais l'accompagne pour faire des courses : « Je pouvais choisir ce que je voulais. Je n'ai jamais reçu les tapis. En revanche, j'ai eu une très belle bague[13]. »

À son retour de Téhéran, elle vit un grand stress. Le bagage Vuitton qui contient les trente mille francs versés par le shah n'a pas suivi. Pendant vingt-quatre heures, le stress monte. Dominique n'ose rien dire à sa patronne, dont elle craint un accès de colère.

Le lendemain, un autre avion finit par délivrer la précieuse valise. Dominique respire : ce voyage n'aura pas été vain. Madame Claude percevra bien les trente pour cent qu'elle attend en retour.

---

13. *Ibid.*

3.

Les renseignements généraux du cul

Le jeune policier qui fait le planton devant le 36, quai des Orfèvres, à Paris, la reconnaît à son pas décidé et à son air fier. Elle a demandé au chauffeur de taxi de la déposer à quelques mètres du porche pour ne pas éveiller les soupçons. Elle parcourt les derniers mètres à pied, en observant les bateaux-mouches qui promènent des dizaines de touristes sur la Seine. « Mesdames et messieurs, à votre gauche, vous découvrez, sur l'île de la Cité, ce long bâtiment avec sa tour pointue. C'est le quartier général de la police judiciaire parisienne depuis 1888. Il était autrefois occupé par un marché aux volailles. C'est pour cette raison que l'on a donné aux flics le surnom de poulets », annonce une guide dans un micro qui fait résonner sa voix entre les hauts murs dressés le long des berges. À cette évocation, Madame Claude esquisse un sourire.

La voilà maintenant devant l'entrée où elle s'agace qu'on lui demande encore de présenter sa pièce d'identité, elle qui a l'habitude de venir ici régulièrement. Le planton met un point d'honneur à ne pas donner de passe-droit à ce petit bout de femme sévère et autoritaire.

Il n'est pas nécessaire de lui montrer le chemin. Elle marche dans la grande cour, à gauche, en faisant attention de ne pas buter sur un pavé irrégulier. Elle s'étonne de voir garée là une vieille Traction Citroën qui n'a pas dû arrêter de malfrats depuis longtemps. La Peugeot 403, maquillée en faux taxi et stationnée à côté, est sans aucun doute moins repérable.

Il n'y a que quelques mètres à parcourir pour rejoindre la porte A, qui indique la Direction de la police judiciaire. En empruntant le grand escalier, grimpant les marches recouvertes d'un linoléum fatigué par les passages incessants des flics et des voyous, son esprit vagabonde. Dans ces lieux jaunis par le tabac, elle pense à l'emblématique commissaire Jules Maigret et à sa pipe, ce fin limier de papier et de cinéma, « un homme très ordinaire en apparence et d'ailleurs d'une intelligence très ordinaire aussi, d'une culture moyenne, même presque moyenne, mais qui a le don de renifler les gens, de renifler l'intérieur des gens[1] », selon les mots de son auteur, le Belge Georges Simenon. Comme elle, en somme.

Au deuxième étage, deux portes lui font face. Celle de droite mène aux bureaux de la direction, le saint des saints ; celle de gauche, vitrée, s'ouvre sur un long couloir qui dessert une série de bureaux étriqués et conduit, au fond, vers les locaux de la Mondaine. Ici, des odeurs se mélangent et provoquent une réaction de répulsion. Il y a le fumet laissé par le tabac froid et la sueur d'une brigade exclusivement masculine, les parfums entêtants de prostituées raflées dans la rue et contrôlées la veille, les effluves âcres de cannabis et d'opium saisis par la petite équipe des stupéfiants, rattachée à la Mondaine.

Il reste trois marches peu commodes à descendre afin d'accéder à la pièce du patron. Elle est protégée par deux portes capitonnées qui créent une sorte de sas hermétique capable d'étouffer tous les secrets, toutes les affaires sensibles. Madame Claude observe

1. Archive d'une interview de Georges Simenon diffusée dans le magazine « 13 h 15 le dimanche », série *Lieux de légende : 36, quai des Orfèvres*, un film réalisé par Sophie Broyet, Christophe Barrère et Anthony Santoro, France 2, septembre 2018.

les boutons lumineux qui indiquent la disponibilité du directeur. Elle ne peut s'empêcher de penser à la fameuse lanterne rouge, le signe emblématique des maisons closes, la promesse d'un moment de plaisir.

L'enjeu de sa visite est capital. Elle doit conserver son « condé », cette protection policière qui lui permet de faire tourner son affaire en toute tranquillité. En échange de cette couverture pour ses activités illégales, elle livre des secrets d'alcôve sur ses prestigieux clients.

À l'époque, Claude Cancès est un jeune inspecteur en début de carrière. En juillet 1963, il est devenu officier de police adjoint dans cette drôle de brigade chargée de lutter contre la prostitution clandestine et de contrôler les mœurs. Car, si la prostitution n'est pas réprimée, le racolage et le proxénétisme sont interdits et punis par la loi. L'hypocrisie est totale et les apparences sauves.

Les soixante policiers de la Mondaine se répartissent en neuf groupes. Les « Procéduriers » mènent des interrogatoires et ficellent des dossiers ; les « Souteneurs » ou « Julots » traquent les proxénètes ; les « Hôtels » surveillent les établissements qui accueillent des passes ; la section des « Pédés », officiellement appelée « Outrages publics à la pudeur », poursuit les homosexuels sur les lieux de drague, dans les cinémas, les vespasiennes et les jardins publics ; les « Outrages aux bonnes mœurs » saisissent tous les supports pornographiques ; les « Cabarets » ont à l'œil les établissements de nuit ; les « Cocus » établissent des « flagrants délits d'adultère » dans la bonne société ; les « Stupéfiants » s'attaquent aux trafiquants de drogue et, enfin, la « Galanterie » s'intéresse aux réseaux de prostitution de luxe et à leurs prestigieux clients. Car, à Paris, cinq cents bordels clandestins ont remplacé les cent soixante-dix-huit maisons de tolérance fermées par la loi Marthe Richard. Ce sont officiellement des maisons de thé, des lieux de rendez-vous, des clubs mondains dans lesquels les consommations proposées sont aussi sexuelles. Et la police n'ignore rien de ces endroits illégaux.

Claude Cancès se retrouve affecté dans le groupe de la « Galanterie », aux côtés d'une douzaine de policiers qui scrutent le monde du vice, du pouvoir et de l'argent, et le mettent en fiches. Avant 1946, avec son physique de jeune premier et son statut de célibataire, il aurait pu faire partie des inspecteurs choisis par le chef de la Mondaine pour visiter les maisons de tolérance, coucher avec une fille et obtenir les renseignements utiles sur le fonctionnement de ce lieu de débauche. Seule condition : être volontaire. « En rentrant, les inspecteurs établissaient un bon pour être remboursés. L'expédition avait coûté de l'argent, ils avaient payé comme les autres clients ! Outre le montant de ce bon, il percevait une prime, à débattre avec le chef de service, et qu'on appelait le "bon de saillie"[2] », raconte un ancien patron de la Brigade dans les années 1950.

La lumière n'est toujours pas passée au vert. Madame Claude attend son tour dans le vestibule encombré d'une grande armoire blindée de trois mètres de haut. Elle ignore que cet imposant coffre-fort, dont seuls le chef de la Mondaine et son adjoint possèdent la clé, est fait pour résister aux grenades, aux balles et au feu. Elle sait, en revanche, qu'il contient dans ses cabriolets des dossiers sur les pratiques sexuelles des personnalités politiques, économiques et artistiques, tout ce que la Ve République compte de gens importants. Elle-même alimente ce qu'un ancien de la Mondaine définit comme les « renseignements généraux du cul[3] ».

À l'abri des yeux indiscrets s'entassent des fiches rédigées sur des feuilles volantes et classées dans des

---

2. Jacques Arnal, *Boulevard de la Mondaine*, souvenirs recueillis par Jean-Pierre Imbrohoris, Filipacchi, 1989, p. 171. Le commissaire Jacques Arnal a été patron de la Mondaine entre 1952 et 1955.
3. Entretien avec l'auteur, février 2022.

dossiers cartonnés de couleur rose sur lesquels figure la mention « Dossier secret ». Au fil des années, ces documents appelés des « roses » sont devenus des « blancs ». Parmi les milliers de notes manuscrites ou tapuscrites non signées par leurs auteurs, celle du 15 juillet 1927, par exemple, concerne un conseiller municipal adepte de la flagellation. « Pour le prix moyen de 500 frs, il se fait présenter une femme qu'il choisit assez grande, laquelle a pour mission, après les attouchements d'usage, de lui administrer une série de coups de cravache. Ces jours derniers, M. [nom masqué] s'est fait flageller les fesses jusqu'au sang. Moyennant un prix supplémentaire, il lui arrive parfois d'user de réciprocité envers sa partenaire[4] », précise le policier. Telle autre note met en cause un député de Paris, « habitué d'un établissement de bains de la rue des Martyrs, 9e », qui « a recours aux deux garçons de l'établissement, se livre sur un à l'onanisme buccal et se fait faire la même opération par l'autre garçon[5] ». On peut ajouter ce rapport de mai 1935 sur un prince indien, « un des plus riches de la péninsule », client de la

4. Note publiée dans Véronique Willemin, *La Mondaine. Histoire et archives de la police des mœurs*, Hoëbeke, 2009, p. 86.
5. *Ibid.*, p. 91.

« maison hospitalière sise 12, rue de Chabanais, où il s'est fait présenter les pensionnaires tout en leur offrant le champagne[6] ».

C'est un véritable bottin mondain qui mêle les époques et les pratiques sexuelles. On y trouve la fiche d'un cardinal surpris dans un bordel avec une fausse carte d'identité, celle d'un député qui deviendra plus tard ministre de l'Intérieur et des Cultes arrêté en compagnie d'un travesti dans un hôtel de passe de la rue du Bac, et celle d'une authentique marquise qui organise des partouzes chez elle avenue Foch et vend de la drogue. Dans cet inventaire des mœurs peu conventionnelles, on trouve également un ministre des Affaires étrangères de la IIIe République à qui des prostituées passaient un collier de chien pour le promener, un chef d'orchestre connu des années 1950 surpris dans les allées du bois de Boulogne, un général de brigade de l'armée de l'air qui « ne dédaigne pas au surplus que deux femmes aient des rapports de lesbiennes en sa présence[7] », l'émir du Koweït et son Premier ministre, ou encore l'acteur Michel Simon, incarnation du commissaire Maigret dans un court métrage, qui, dans un rapport de dix pages,

6. *Ibid.*, p. 87.
7. *Ibid.*, p. 158.

« apparaît comme un maniaque qui recherche le mal pour le mal [...] un mégalomane qui joue au marquis de Sade en satisfaisant ses vices étranges dans tous les domaines de son imagination[8] ».

Madame Claude est installée dans le bureau du patron de la Mondaine, qui offre une vue imprenable sur la place Dauphine et ses marronniers. Elle a des choses à dire, des révélations dont une copie sera transmise au directeur de la police judiciaire, puis au préfet de police, le sinistre Maurice Papon, qui décidera lui-même de les adresser ou non au ministre de l'Intérieur. Elle lui raconte l'histoire de ce président-directeur général qui, paré de plumes soigneusement choisies avec une fille de son « bataillon » de prostituées, se prend pour un coq, de cet ancien ministre qui aime jouer du piano nu devant une jolie jeune femme, ou de ce chef d'État étranger qui, lui aussi, est exhibitionniste. Imperturbable, le directeur prend des notes, presque blasé par ces détails qu'il a entendus mille fois.

La proxénète se sent si à l'aise avec la police qu'elle n'hésite pas à demander de l'aide pour sécuriser son recrutement. Sollicité par son supérieur, Claude Cancès s'y colle. « [...] À plusieurs reprises,

8. *Ibid.*, p. 113.

on me confie des listes de filles à identifier, des cocottes en herbe dont il faut vérifier les antécédents. Ce sont toutes de nouvelles “Claudettes” : la patronne dûment protégée recourt au service du 36 pour savoir qui elle engage. Une manière d’éviter toute mauvaise surprise, de recruter des belles de luxe sans grosse condamnation au casier judiciaire, sans casserole qui traîne. Je n’étais pas seul pour ce travail ingrat, tout le groupe Galanterie mettait la main à la pâte. Cela vous donne une idée de l’impunité dont bénéficiait Madame Claude[9] », raconte l’intéressé dans un de ses livres relatant ses dix années passées à la Mondaine.

« On faisait ce que l’on n’aurait pas dû faire, on était complices[10] », me précise celui qui a toujours refusé la compromission, mais a vu les enveloppes circuler. Car la proxénète a l’habitude d’arroser les flics, en particulier le chef du groupe de la « Galanterie », qui lui rend visite chaque semaine ou toutes les deux semaines. Pour les indics, le versement d’espèces est aussi un moyen d’assurer leur protection. Aux yeux du Milieu, ils paient leur couverture. Et la Brigade mondaine a longtemps

9. Claude Cancès, *L’ancien patron du 36, quai des Orfèvres raconte la Brigade mondaine*, Pygmalion, 2014, p. 115 et 116.
10. Entretien avec l’auteur, février 2022.

traîné cette mauvaise réputation de flics ripoux qui ont sollicité ou accepté des avances physiques ou pécuniaires de filles en échange de services rendus. En bref, les liaisons sont dangereuses entre police et prostitution.

« La Rouquine était très fiable, pas comme Madame Claude, à moitié mythomane. Je n'ai jamais mis en doute ce que me donnait Katia, elle nous apportait de très bons renseignements, et son concours aussi[11] », confiera Pierre Ottavioli, patron de la Mondaine de 1965 à 1970, en opposant Fernande Grudet, dite Madame Claude, à Lucienne Goldfarb, dite Katia la Rouquine, à la tête d'un bordel de luxe dans le chic XVIIe arrondissement de Paris et auxiliaire de police acharnée. Dans les faits, il trouvera tout de même une utilité à Madame Claude et la soutiendra pendant de longues années, y compris après son passage à la Mondaine.

Pour le pouvoir gaulliste en place, les turpitudes des personnalités ont une valeur. Les posséder constitue une monnaie d'échange, un moyen de pression ou une façon de se prémunir contre un scandale possible.

---

11. Patricia Tourancheau, *Le 36. Histoires de poulets, d'indics et de tueurs en série*, Points, 2018, p. 215.

Que sont devenus les petits et grands secrets livrés par Madame Claude pendant tant d'années ? Je rêve d'accéder à tout ce que la Brigade mondaine a gardé d'elle. Je me tourne une nouvelle fois vers Claude Cancès, qui a supervisé en 1988 le « nettoyage » du coffre-fort contenant les dossiers roses des personnalités lorsque la Mondaine a déménagé du 36, quai des Orfèvres au 3, rue de Lutèce. Il a vidé entièrement cette imposante armoire métallique, qui a ensuite été sortie par une grue. Il m'assure n'avoir rien conservé, si ce n'est les dossiers de trois hommes politiques devenus présidents : Valéry Giscard d'Estaing, François Mitterrand et Jacques Chirac. J'appelle Jacques Poinas, le commissaire qui lui a prêté main-forte dans cette tâche délicate. Il est persuadé d'avoir vu passer des notes sur la célèbre mère maquerelle, mais il m'affirme que tout a été détruit.

Il me reste un espoir. Pratiquement tous les fonctionnaires de police passés par cette brigade ont emporté avec eux des archives, comme « une assurance-vie, une protection pour l'avenir en cas de problème[12] », m'assure un ancien de la Mondaine. Le fils d'un inspecteur divisionnaire me raconte avoir passé à la broyeuse le contenu d'une valise

12. Entretien avec l'auteur, juillet 2021.

pleine de documents qui évoquaient, notamment, Valéry Giscard d'Estaing et Jacques Chirac. La veuve d'un patron de la Mondaine, Roger Le Taillanter, m'affirme que son mari a tout brûlé lorsqu'il a appris qu'il était malade, parce qu'il y avait « trop de choses compromettantes[13] ».

Jean Debuire, une autre figure de ce service, passé auparavant par les Renseignements généraux, que je rencontre chez lui en région parisienne, m'assure qu'il fera disparaître avant sa mort tous les procès-verbaux qu'il a conservés afin que les noms de filles devenues de sages grand-mères ne soient pas divulgués. Il souhaite garantir leur tranquillité et celle de leur famille.

« Je ne pourrai malheureusement pas vous aider dans vos recherches car, après avoir de nouveau vérifié, il apparaît que nous ne disposons plus d'archives de cette procédure. Ni au sein de la brigade de répression du proxénétisme, ni au service d'archives de la direction ou départementales », m'écrit également par mail, le 23 février 2022, Christian Sainte, l'actuel patron du 36. Circulez, il n'y a plus rien à voir.

J'ai du mal à y croire. Comment a-t-on pu se débarrasser du dossier de la plus grande proxénète de la Ve République, celle qui avait la clientèle la

13. Entretien avec l'auteur, février 2022.

plus prestigieuse ? Je refuse de renoncer à chercher et à trouver. Je finis par tomber sur un policier qui a passé des dizaines d'années à la Mondaine. Il a toujours préféré faire des enquêtes et les mener à terme, alors que ses chefs de service pensaient d'abord à faire carrière. « Sans rancœur », souligne-t-il. Il dispose d'un tableau de chasse digne d'un grand flic. Parmi ses fiertés, il y a celle d'avoir obtenu le renseignement qui a permis l'arrestation de Madame Claude pour « proxénétisme aggravé » en 1992, tant d'années après être passée entre les mailles du filet. Il n'a jamais aimé parler aux journalistes. Je le tiens au courant très régulièrement de la progression de mon enquête, comme un jeune flic demanderait conseil à un aîné chevronné. Il se prend au jeu, me suggère des pistes, et finit par accepter de me rencontrer chez lui, en juillet 2021. Il souhaite rester anonyme : je l'appellerai Monsieur X.

Lorsque je lui rends visite, Monsieur X replonge dans ses souvenirs et sa mémoire intacte, me racontant avec passion son métier et les liens troubles entre la Mondaine et le milieu de la prostitution. Par un intermédiaire, je réussis à accéder à des archives officielles jamais divulguées, qui dévoilent la bienveillance de la police à l'égard de Madame Claude. On trouve sa trace dans la liste des « Petites antennes » établie par la « Galanterie » en 1965. Ce document estampillé « Brigade mondaine » recense les proxénètes qui collaborent avec ce groupe. Juste après « COLETTE », qui tient un hôtel particulier situé 10, villa Montespan et possède des studios 51, rue des Belles-Feuilles et 181, avenue Victor-Hugo, dans le XVIe arrondissement, et la célèbre « BILLY », à la tête d'une maison de rendez-vous au 4, rue Paul-Valéry, le numéro 103 est « GRUDET Claude, Fernande, dite "CLAUDE" – 41 ans », qui officie au 18, rue de Marignan.

Le commentaire rédigé par le policier semble sorti du *Guide rose* des années 1930, l'annuaire-indicateur des maisons et salons de société, maisons de massage et de rendez-vous de Paris, de la province et des colonies : « Il s'agit d'un petit studio discret situé dans un bel immeuble du quartier des Champs-Élysées. Caractère d'intimité – ambiance douce – musique et feu de bois. Les rendez-vous ont lieu sur place ou à l'extérieur. CLAUDE a l'esprit vif et moderne. Très sympathique, elle possède l'art et la manière. Les jeunes femmes présentées sont en principe très jolies. On trouve des mannequins, de jeunes starlettes françaises ou étrangères[14]. »

14. Document inédit issu de la Brigade mondaine.

Avec cette puissante tolérance, Madame Claude peut donc continuer à faire tourner son affaire, recruter des ambassadrices de charme et de nouveaux clients. Et, pour garantir la pérennité de son juteux commerce, elle saura trouver d'autres protections en rendant service à la France. En plus de la Mondaine, elle a fourni des informations aux Renseignements généraux et à la sécurité militaire à travers le Service de documentation extérieure et de contre-espionnage (S.D.E.C.E.). Sous le pseudonyme de Violette, elle appartient à la Base Bison[15], que certains s'amusent à renommer « Base Baisons ». Une section intéressée par sa clientèle de très haut niveau qui comprenait chefs d'État, diplomates étrangers et personnalités influentes. Les services de renseignement étaient son assurance-vie, parce qu'ils faisaient passer le message à la police et aux politiques : « Attention, n'y touchez pas, on en a besoin ![16] »

---

15. Information révélée par Roger Faligot dans son livre *Paris nid d'espions. Les services de l'ombre dans la Ville Lumière*, Parigramme, 2009, p. 140.
16. Entretien avec Alain Juillet, ancien du S.D.E.C.E., septembre 2022.

4.

L'arrière-boutique

Elle prend le temps de recompter en faisant glisser les billets entre ses doigts, avec une dextérité de commerçante. Ce visage de Molière, longs cheveux bouclés et grisonnants, posant devant une scène de théâtre, sur les cinq cents nouveaux francs, lui est familier. Elle place toutes les liasses dans une pochette, qu'elle glisse dans son sac à main Hermès à côté de son carnet noir, qui contient les noms et les téléphones de ses prestigieux clients. Tout y est ordonné, comme elle l'exige de ses filles. Chaque chose à sa place. Elle le porte en bandoulière et enfile par-dessus sa fourrure en vison. Elle craint que l'on ne puisse le lui arracher dans la rue.

Dans cinq minutes, les aiguilles de la pendule de l'entrée afficheront 20 heures. Elle s'apprête à refermer la porte de l'appartement de la rue de

Marignan lorsque la sonnerie du téléphone retentit. Elle n'aime pas ces appels de dernière minute, alors qu'elle a passé sa journée à organiser le planning coquin des prochains jours. Elle ne peut toutefois ne pas répondre. La réputation de Madame Claude se fonde sur sa disponibilité sans faille pour ses clients exigeants qui se cooptent entre eux et se refilent son numéro. Car il faut être parrainé pour entrer dans ce cercle privé du plaisir hautement tarifé. Une rencontre de l'après-midi est facturée en moyenne cinq cents francs, mille francs le dîner, deux mille francs la nuit et jusqu'à dix mille francs pour un week-end. Plus le client est fortuné, plus les prix grimpent.

« Allô, oui ? » dit-elle d'une voix suave quand elle décroche le combiné. Ces deux mots prononcés sont sa signature vocale. À l'autre bout du fil, l'interlocuteur a à peine le temps d'expliquer la raison de son appel que, déjà, elle le reconnaît et le rassure. « Ne vous inquiétez pas, Dominique a très certainement été retenue, mais rassurez-vous, elle sera bientôt là. Je m'enquiers immédiatement de ce qu'il lui arrive et je vous tiens vite au courant. »

Claude appelle l'hôtel qui accueille le premier rendez-vous de cette jeune recrue. « Mais enfin, que fais-tu ? Dépêche-toi ! Tu es attendue à l'autre bout de Paris ! »

Des années plus tard, Dominique revient sur sa première prestation. « Je ne savais pas, je ne savais rien, je ne savais rien[1] », me raconte-t-elle à la buvette du lac Saint-James, où elle a l'habitude de venir s'aérer et de promener son chien. C'est une femme élégante aux yeux d'un bleu intense et doux, âgée de quatre-vingt-deux ans, qui me fait face. Elle a le teint hâlé, un carré blond allongé et des vêtements bien coupés qui mettent en valeur sa fine silhouette. Elle joue de son charme, assumant totalement cette liberté que lui a donnée cette expérience particulière entamée au début des années 1960.

Fille d'un diplomate étranger, Dominique mène une activité de mannequin qu'elle met entre parenthèses pour élever sa fille. Le père photographe est parti, les laissant seules et sans pension alimentaire.

Un déjeuner organisé chez un ami *jet-setter* va tout déclencher. Le bel appartement de la place des États-Unis et son jardin privé au rez-de-chaussée dans le XVIe arrondissement de Paris réunissent quatre convives. L'hôte a invité un ami, une amie, et Dominique. L'ambiance est détendue. « Ils commencent à évoquer Madame Claude. J'en avais entendu parler et j'avais même dit à une amie :

1. Entretien avec l'auteur, juin 2020.

“Si vraiment j’ai du mal à reprendre le boulot, je vais travailler pour elle.” Parce que ça m’intriguait déjà beaucoup[2] », chuchote-t-elle, pour que nos voisins de café n’entendent pas ses confidences.

Au cours de la discussion, elle comprend que la jeune femme, Annabelle, est une fille de chez Claude. « Ce n’est pas pour toi, ma chérie, ce n’est pas du tout pour toi », affirme net celui qui reçoit.

Le repas se termine. Les deux hommes et la femme s’éclipsent. Dominique reste à table, encore interloquée qu’on ne lui ait pas laissé le temps de s’exprimer et de poser des questions. « Ils sont partis dans la chambre et la fille est revenue me chercher à poil, elle m’a embrassée sur la bouche, elle m’a dit : “Viens !” Je n’avais jamais fait ça avec une femme, mais j’ai trouvé que c’était une expérience très chouette et on a tous fait l’amour. Après, je lui ai dit dans la salle de bains : “Est-ce que tu peux me présenter à Claude ? – Oui, oui, je vais lui demander si elle a besoin de quelqu’un !” C’était ridicule parce que j’étais beaucoup plus belle qu’elle, quand même. Elle était très grande, un peu voûtée, un grand nez, des cheveux marronnasses, mais très sympa[3]. »

---

2. *Ibid.*
3. *Ibid.*

Annabelle tiendra parole. Quelques jours plus tard, Dominique est dans le bureau de Madame Claude. « Physiquement, elle était vraiment n'importe quoi, petite, enfin, ni très petite ni très grande, elle était passe-partout. Vraiment pas belle, on ne pouvait rien signaler sur elle[4]. » La proxénète, elle, est subjuguée par la beauté de la jeune femme de trente et un ans. Il y a chez elle la grâce et l'élégance, cette blondeur hypnotique, de la douceur, et une forme d'innocence dans son regard bleu qui crée un évident magnétisme. « On va l'envoyer en Iran tout de suite ! » dit-elle à sa secrétaire avec la voix sûre de celle qui vient de remporter un trophée, de décrocher le Graal.

Ses deux premiers rendez-vous ont lieu à Paris et, la semaine suivante, Dominique s'envole pour Téhéran et fait la connaissance de ce client généreux que toutes les filles du réseau espèrent voir un jour. Dominique fera partie des cinq cents femmes recrutées par Claude en vingt ans de proxénétisme et sera l'une des rares avec Maïté à nouer une amitié durable avec elle.

« Déshabillez-vous ! Marchez ! Tournez-vous, maintenant ! » Le même refrain s'entonne depuis des années, Madame Claude reçoit les prétendantes

---

4. *Ibid.*

dans son deux-pièces de la rue de Marignan. Dès les premières minutes de ses entretiens, elle affûte son œil expert, qui impose d'emblée son ascendant sur les filles. Maîtresse incontestée de la beauté, il ne lui faut pas beaucoup de temps pour juger les corps, évaluer le potentiel de séduction, repérer les défauts qui pourraient être corrigés. Un nez à adoucir, des fesses à remodeler, des lèvres à redessiner, rien ne lui échappe. Et dans ces années 1960 où la chirurgie esthétique n'est pas encore une pratique répandue, la proxénète fait appel à un chirurgien plasticien parisien. « J'ai vu le cas deux fois avec des filles. La première, elle lui avait fait raboter un peu le menton, et l'autre, elle lui avait fait refaire les seins et le nez[5] », me raconte Hélène, recrutée à la fin de la période faste, au milieu des années 1970, quelque temps avant la fuite de la proxénète aux États-Unis. Pour elle, en revanche, rien à retoucher. « Ses yeux n'en pouvaient plus de beauté. Elle était éclaboussée de stupeur. Elle disait à son assistante : "Mais quelle beauté. Mais t'as vu ses seins !" Et puis elle voyait tout. Elle me disait : "Vous avez une très mauvaise circulation du sang." Oui, j'étais très, très blanche. Extrêmement blanche. J'avais la peau un peu marbrée. "Il faut que tu prennes de l'extrait de

5. Entretien avec l'auteur, février 2021.

marron d'Inde tous les matins." Je n'en ai jamais pris de ma vie, c'est bien dommage, j'aurais dû l'écouter[6] », me confie-t-elle dans le salon d'un hôtel de Poitiers.

Dominique a vu les changements physiques opérés par Madame Claude sur la femme qui l'a mise en contact avec elle. « Elle lui a fait opérer les seins et le nez. Elle lui a fait changer la couleur de ses cheveux avec des mèches blondes. Annabelle est devenue magnifique. D'ailleurs, elle a épousé un prince[7] », me précise-t-elle.

Pour rembourser leur transformation physique, les filles recrutées sont dans l'obligation de travailler. La dépendance financière enracine l'emprise. Et, sans en informer les intéressées, Madame Claude prélève une commission sur chaque opération. Pour elle, tous les profits sont bons. L'appât du gain régit tout.

« Maintenant, vous allez me montrer comment vous faites votre toilette intime. Lavez-vous face à moi ! » demande Madame Claude aux candidates, en faisant couler l'eau dans le bidet de la salle de bains et en pointant du doigt le bas-ventre. Derrière l'obsession de l'hygiène irréprochable, il y a la portée symbolique de cette épreuve infan-

6. Entretien avec l'auteur, février 2021.
7. Entretien avec l'auteur, juin 2020.

tilisante et humiliante, la soumission totale à son autorité.

Ce rituel de propreté, les filles l'imposent également aux clients, à la demande de leur « patronne ». « On leur disait : "Vous voulez aller à la salle de bains avant, ou c'est moi qui y vais d'abord ?" On ne se protégeait pas. Rien. Une fois par semaine ou tous les dix jours, Claude nous imposait une visite chez un médecin de la rue Rodier dans le IXe arrondissement. Fallait vraiment y aller, tout le temps. Il faisait un prélèvement qu'il mettait sous un microscope. Un jour, il m'a dit : "Venez voir ce que vous avez attrapé." Il y avait comme des tout petits bouts de bambou qui se baladaient. Je ne me souviens plus du nom, mais un truc qui sentait très mauvais. Il m'a prescrit un ovule et c'était terminé[8] », raconte Dominique en riant.

Ce contrôle absolu du corps et de l'apparence des femmes passe aussi par les choix vestimentaires, qui obéissent à des règles précises : des dessous blancs raffinés, des porte-jarretelles, des robes de grands couturiers, des accessoires griffés, et des chaussures de marque. « Elle ne m'a jamais fait de remarques sur mon habillement, mon maquillage, j'avais déjà tout. C'était pratique, donc elle m'a tout de suite

---

8. *Ibid.*

mise à cinq cents francs le rendez-vous de deux heures. Quand Annabelle, qui touchait trois cents francs, a vu ça, elle était furieuse. Elle a dit : "Ah, mais moi aussi, je veux cinq cents francs[9]" », poursuit Dominique avant d'ajouter qu'elle s'est lancée dans « ce métier » pour l'« argent » et l'« excitation » qu'il provoquait.

Pour une seule chose, en revanche, Madame Claude est contrainte de se référer à l'avis des hommes. Ce sont les performances sexuelles de ses recrues, qu'elle demande à des clients proches d'évaluer. La question triviale tient en cinq mots. Est-elle bonne au lit ? La proxénète s'adresse alors à ses « testeurs », ses « goûteurs », ses « essayeurs ». Hélène a connu ce passage obligé. « Ce sont deux clients qui m'ont testée. Le premier, je l'ai vu rue Marbeuf, dans un restaurant de fruits de mer. Il m'avait appris à manger les belons en enlevant le contour de ces huîtres plates pour que ce soit moins amer. Ça m'a marquée. Je suis sûr que c'était un testeur parce que Claude m'avait appelée le lendemain, en me disant : "Faudrait que tu sois un peu plus nerveuse, plus entrepreneuse." Il lui avait raconté quelque chose, forcément. Et j'ai vu également un avocat bien connu, qui m'a redemandée,

9. *Ibid.*

alors qu'il préférait normalement les Blacks[10] », m'explique Hélène. « Alors on dit "testeurs", mais je pense que ce sont plutôt des amis à qui elle faisait plaisir[11] », ajoute-t-elle. Parmi eux, des journalistes de l'hebdomadaire *Paris Match*, Guy Schoeller, un grand éditeur marié un temps à Françoise Sagan, Jacques Quoirez, le frère de cette dernière, et le baron Élie de Rothschild, homme d'affaires et collectionneur d'art, que Madame Claude qualifie de « très bons coups[12] ». Lorsqu'elle les sollicite, tous répondent au besoin de la proxénète d'être assurée de la capacité de la call-girl à contenter un client et de sa loyauté, car elle n'a évidemment pas le droit de laisser ses coordonnées.

« Y a beaucoup d'hommes qui se faisaient un devoir de nous faire jouir. On arrivait à leur faire croire. On faisait du cinéma. Mais ce n'était pas seulement le sexe qui était important. Il fallait vraiment être à l'écoute, parce qu'ils pouvaient vider leur cœur, les hommes. Souvent, ils ne pouvaient pas se confier dans leur milieu[13] », souligne Dominique.

---

10. Entretien avec l'auteur, février 2021.
11. *Ibid.*
12. Interview de Madame Claude accordée au magazine *Lui*, propos recueillis par Pierre Rey, septembre 1981.
13. Entretien avec l'auteur, juin 2020.

Savoir séduire les hommes avec finesse, assouvir les désirs auxquels leurs épouses n'accèdent pas, accepter d'être une femme-objet, les rassurer sur leur beauté, leur virilité et leur intelligence, en bref créer l'apparence de l'amour sans attachement. Ce sont les qualités que Madame Claude recherche chez les femmes qu'elle emploie. Selon le vieux principe qui prévaut dans la société de l'époque, les pulsions masculines garantissent le plaisir féminin. Elle-même ne se fait plus d'illusions sur les hommes, à commencer par celui qui partage sa vie. « Elle détestait les hommes. Elle disait des trucs comme : "À quarante ans, une femme ne doit plus se montrer. Elle ne doit plus se montrer nue parce que c'est fini. À quarante ans, c'est fini[14]" », affirme Dominique d'un ton désolé.

En quelques années, la mère maquerelle réussit à construire l'image d'une maison respectable qui vend du rêve. L'enseigne et la vitrine de son commerce sont éclatantes, mais l'arrière-boutique cache une réalité plus sombre. Les employées sont en permanence soumises aux principes et aux contraintes de celle qui se prend pour la directrice d'un pensionnat de jeunes filles, à qui on donnerait

14. *Ibid.*

le bon Dieu sans confession. Avec Madame Claude, les apparences sont souvent trompeuses.

« Bonjour Hélène, c'est Claude à l'appareil... Pouvez-vous me donner la formule de l'eau et me dire où se trouve le désert de Gobi ?

– La formule de l'eau, c'est H_2O et le désert de Gobi est en Asie.

– C'est très bien, Hélène, vous maîtrisez les choses. Aujourd'hui, je vous ai programmé deux rendez-vous. Le premier a lieu cet après-midi à 15 heures au Plaza et le second à 20 heures à la Tour d'Argent pour un dîner qui risque de durer un moment...

– Claude, je suis désolée, mais vous allez devoir me remplacer parce que je suis indisposée.

– Il n'en est pas question. Ne soyez pas sotte, filez à la pharmacie anglaise de l'avenue des Champs-Élysées et achetez une petite éponge végétale et du lubrifiant Johnson & Johnson. Uniquement celui-là, c'est le meilleur au monde. Je compte sur vous, Hélène. »

La conversation n'a pas duré plus de deux minutes. La jeune femme n'a même pas eu le temps d'avancer le moindre argument pour tenter de faire changer d'avis « tantine », le surnom que les filles donnent parfois à leur « patronne ».

« On avait quand même des relations sexuelles quand on était réglée[15] », m'indique Hélène. « Si on n'arrivait pas à trouver une petite éponge, on en découpait une. On l'imbibait du lubrifiant et on l'enfonçait dans notre petit trou. On pouvait faire l'amour sans que le client se rende compte une seule seconde qu'on était indisposée. Tout le monde ne connaît pas ça, mais tout le monde n'est pas passé chez Claude[16] », ajoute-t-elle.

En vingt ans, des centaines de femmes auraient travaillé pour Madame Claude, des régulières et des occasionnelles. Mais, en moyenne, elles sont de vingt-cinq à trente à figurer parmi les plus demandées. Chaque semaine, Madame Claude épluche leur comptabilité. Lorsque l'une d'elles est moins demandée, la proxénète s'interroge sur les raisons d'une baisse de rendement, et donc d'un manque à gagner. C'est ce qu'il s'est passé pour Hélène, qui se souvient parfaitement de la conversation qu'elle a eue avec celle qui l'employait. « Elle me dit : “Il n'y a pas quelque chose que tu ne fais pas que les autres font ?” J'ai répondu : “Je ne sais pas.” Je sortais vraiment de ma campagne. J'avais eu des relations avec des hommes, mais il y avait

15. Entretien avec l'auteur, février 2021.
16. *Ibid.*

des mots que je ne connaissais pas. Elle me dit : “La sodomie.” Elle m’explique, et du tac au tac je sors : “Ça, sûrement pas, jamais de la vie !” Et elle me lance : “Ah, jamais de la vie ? Tu ne vas pas pouvoir rester très longtemps, alors !” Y avait toujours des hommes qui voulaient ça, quoi. Et les vraies malignes, parce qu’il y avait quand même des filles très malignes, elles arrivaient à leur faire croire qu’ils pouvaient, alors que ce n’était pas vrai. Il fallait être vivace, très rapide, savoir détourner les folies parfois. Ou en faire quand il n’y avait pas grand-chose[17] », raconte-t-elle.

Au début de son passage chez Claude, la jeune femme connaît une expérience traumatisante, qui a bien failli la faire démissionner. Claude envoie Hélène chez un marchand de tableaux en Belgique. « J’arrive, et il pense que j’ai été informée de ce qui l’excite. Il me demande de prendre un fer chauffant, utilisé normalement pour les cheveux bouclés, et de le passer sur les poils de ses fesses. C’est ce qu’il voulait[18] », m’explique-t-elle. Par peur de le brûler, elle refuse tout net. « Il m’a mis une tarte, il m’a frappée. Ça m’a choquée. Je me suis mise à pleurer, mais il m’a quand même gardée trois jours

17. *Ibid.*
18. *Ibid.*

avec lui, juste parce qu'il avait envie que je sois là. Et, lorsque je suis revenue, j'ai appelé Claude, parce que je devais l'appeler pour lui faire les commentaires, et je lui ai dit : "Madame, je vous quitte, je ne reste pas chez vous, parce que je ne pourrai jamais refaire ce que vous m'avez demandé de faire là-bas. C'est pas du tout moi, je ne pourrai vraiment pas" », ajoute-t-elle, encore marquée par ce très mauvais souvenir. La peur d'un homme qui la poussait à se prostituer et les pressions exercées par Madame Claude empêcheront toute échappatoire pour Hélène, qui restera trois ans et demi à son service. La moyenne du temps passé chez Claude pour chaque fille.

Dans son réseau, la liberté se paie au prix fort et des représailles peuvent survenir. C'est ce qui est arrivé à Geneviève, interrogée en septembre 1981 par *Le Journal du Dimanche*, dans un article au titre sans équivoque : « Non, la vie n'était pas rose chez Madame Claude[19]. » La perte de son emploi de comédienne dans une compagnie théâtrale et une rupture sentimentale, qui la laisse seule avec un enfant à charge, font vaciller son équilibre financier. Un ami joue les intermédiaires. Pour

19. Témoignage de Geneviève, *Le Journal du Dimanche*, 6 septembre 1981.

payer ses traites, son loyer et nourrir son enfant, Geneviève se prostitue pour Claude. « Et puis, un jour, j'ai rencontré Paul. Le coup de foudre. J'ai voulu arrêter. J'en ai parlé à Madame Claude : "Tu es libre", m'a-t-elle répondu. Mais, le lendemain, deux hommes sont venus chez moi et m'ont demandé des choses avilissantes. J'ai eu peur, j'ai cédé. Ensuite, on a tailladé les pneus de ma voiture, on me téléphonait à 3 heures du matin : il n'y avait jamais personne au bout du fil. Je commençais à craquer psychologiquement. À plusieurs reprises, j'ai essayé d'appeler Madame Claude. On me répondait qu'elle n'était pas là. Je ne sais pas ce que je serais devenue si mes ennuis ne s'étaient brutalement arrêtés le jour où Madame Claude a eu des ennuis à son tour[20]. »

Catherine, qui fut l'adjointe de Claude pendant deux ans avant de reprendre son réseau, refuse de la considérer comme une vulgaire mère maquerelle. « Ce sont les mots des juges et des policiers. Il n'y avait pas de coercition, c'était la volonté des filles de le faire. Elles n'étaient pas piégées. Tout le monde pouvait partir quand il voulait. Rien à voir avec les passes de la rue. Les clients ne traitaient pas les filles comme des putes de basse classe. Elle était intermé-

20. *Ibid.*

diaire entre les filles et les clients, donc elle touchait un pourcentage qui était correct[21] », la défend-elle.

Protégée par les policiers et les autorités politiques, Madame Claude est intouchable. Elle peut développer sa clientèle haut de gamme et fortunée qu'elle consigne dans un répertoire. Un carnet auquel elle tient plus que tout.

21. Entretien avec l'auteur, mai 2022.

5.

Le carnet noir

Elle tourne les pages de ce répertoire en cuir qui s'épaissit au fil des années. Il est à la fois sa protection et son trésor de guerre. Sa réussite tient dans ces feuilles noircies par des dizaines de noms prestigieux et de numéros de téléphone. Chefs d'État étrangers, princes arabes, rois du pétrole, membres de familles régnantes, industriels puissants, avocats influents et artistes en vue, c'est un bottin mondain qui fait d'elle la grande dame de la prostitution de luxe, dont le nom a largement franchi les frontières françaises.

Eddie Barclay, patron d'une maison de disques, Yul Brynner, célèbre acteur américain, héros du western *Les Sept Mercenaires*, Mouammar Kadhafi, le dirigeant libyen qui avait réquisitionné l'hôtel George-V à Paris à l'automne 1973 et commandé un « bataillon » de filles, elle égrène à voix basse tous ces patronymes. Ses lèvres dessinent un sourire fier. Elle connaît par cœur leurs voix, leurs goûts, leurs habitudes. Elle sait les surprendre, les satisfaire et les fidéliser en leur présentant des canons de beauté de toutes origines, des femmes qui n'ont jamais l'air de se prostituer.

En 1968, cela fait déjà dix ans qu'elle est à la tête de ce réseau et ses affaires sont florissantes. Les trente pour cent retenus sur chaque passe lui assurent des revenus importants, dix mille francs par jour, selon certains, versés en espèces, sur lesquels les impôts ne prélèvent rien, car la proxénète ne les déclare pas. Elle mesure le chemin parcouru depuis son arrivée à Paris, les premières années sur le trottoir, les hôtels minables, les clients sans classe, les regards réprobateurs portés sur elle. Aujourd'hui, c'est elle qui est à la tête d'un petit empire protégé par la police, les politiques et les services de renseignement. C'est elle que les hommes de pouvoir courtisent et paient au prix fort pour des rendez-vous, des dîners, des nuits et des week-ends avec ses filles. À la première page de ce carnet de cuir noir figure l'un de ses clients favoris, de la même génération qu'elle. Il sait se montrer généreux, prévenant et élégant. Madame Claude ne peut rien lui refuser.

« Bonjour Florence, vous êtes excusée pour le dîner prévu ce soir au Ritz. J'ai trouvé quelqu'un pour vous remplacer. Vous décollez en milieu d'après-midi pour Rome. Vous y passerez deux jours et vous ne serez pas seule. Pascale vous retrouve à l'aéroport, vous voyagerez sur le même vol. Je vous fais porter les billets chez vous. »

Florence est une jeune fille de bonne famille, devenue membre du réseau de Madame Claude à la suite d'une rencontre avec son adjointe. Elle n'a pas posé de questions. Elle n'en a pas eu le temps. Elle a simplement acquiescé, toujours impressionnée par le ton directif et le débit de mitraillette de celle qui dirige son affaire d'une main de maître et donne des ordres à longueur de journée. La jeune femme n'a rien oublié de la colère qui s'est abattue sur l'une des filles, un jour, parce qu'elle refusait de se rendre disponible. Elle a entendu les mots grossiers prononcés avec rage. Elle a vu les muscles du visage qui se tendent, les mâchoires qui se serrent et le combiné jeté au sol. Elle a senti la haine envelopper la pièce.

« Dans ce cas, Claude faisait semblant d'appeler Wernher von Braun, un ingénieur aérospatial à la NASA d'origine allemande qui avait servi son pays sous le régime nazi. "Je n'en peux plus de toutes ces filles. J'en ai assez, je vais venir te retrouver." C'était bidon, elle ne le connaissait pas. C'était juste pour se donner une surface de quelqu'un qui fréquentait une grande personnalité. Pour impressionner. Elle menaçait de tout plaquer et d'aller le retrouver aux États-Unis. Ça, c'était quand les filles rataient un déplacement important, ça la rendait hystérique[1] », garde en mémoire Catherine, son adjointe.

Le temps du voyage donne l'occasion à Florence et à Pascale de faire connaissance, de partager leurs expériences, de rire des extravagances et des perversions de certains clients.

Dans le cercle des personnalités prestigieuses qui font appel aux services de Madame Claude, Gianni Agnelli occupe une place à part. Toutes les filles rêvent un jour de rencontrer cet homme au charme distingué et au caractère flamboyant, ce grand patron aussi connu que le pape et qui, depuis l'âge de quarante-cinq ans, préside aux destinées de FIAT, la Fabbrica Italiana Automobili Torino, fondée par son grand-père et devenue le porte-drapeau de l'économie italienne.

Florence et Pascale sont déposées devant la résidence de la Via Ventiquattro Maggio, située sur l'une des sept collines de Rome. Lorsqu'elles pénètrent dans ce grand appartement, elles ont

1. Entretien avec l'auteur, mai 2022.

l'impression d'entrer au musée. Dans le salon, un tableau de Balthus voisine avec une œuvre de Francis Bacon, achetée seulement mille dollars à la sortie de la guerre. Elles ne se doutent pas que la collection du propriétaire comprend aussi des peintures de Picasso, Warhol, Matisse, Klimt, Modigliani, Canova, Géricault et Canaletto, accrochées dans la dizaine de demeures qu'il possède en Italie, en France, en Suisse et aux États-Unis. La décoration soignée mélange les genres et les époques, le classicisme et le modernisme, sans aucune faute de goût.

Les deux jeunes femmes s'arrêtent sur les photographies disposées dans des cadres sur un meuble bas. Il y a le cliché du mariage de Gianni et de Marella pris par Robert Doisneau devant la chapelle d'Osthoffen, près de Strasbourg, le 19 novembre 1953. Deux fines cannes aident le marié à tenir debout après un accident de voiture survenu l'année précédente qui lui a fracturé la mâchoire et brisé la jambe droite. La mariée, belle et gracieuse, née Caracciolo di Castagneto, étend sa silhouette de princesse napolitaine comme pour tenter de masquer un début de grossesse. Sur une autre prise de vue, ce sont leurs enfants, Edoardo et Margherita, qui posent devant l'objectif avec des sourires timides, tristes sans doute de passer plus de temps avec leur nurse qu'avec leurs parents.

Leur regard se pose enfin sur une fenêtre qui offre une vue plongeante sur de magnifiques jardins et l'immense palais du Quirinal, autrefois résidence des papes, devenu lieu de pouvoir et de vie du président de la République italienne. Les deux Françaises n'en reviennent pas de se trouver dans cet endroit inaccessible et très protégé. Elles visitent les pièces en attendant le maître des lieux, dont l'arrivée ne cesse d'être repoussée. Celui que les Italiens surnomment l'*Avvocato*, en raison de ses brèves études en droit, est absorbé par la gestion de son empire industriel et familial. La vie de noceur insatiable, de play-boy adorant le sport, la vitesse et la fête, a laissé place à une existence de capitaine d'un navire amiral employant cent trente mille personnes, et ayant pour devoir de perpétuer la réussite de ce géant automobile et des autres affaires du groupe. En revanche, une chose n'a pas changé chez lui, c'est sa soif de conquête des femmes. Le mois de liberté qu'autoriserait chaque année son épouse ne peut suffire. « Je suis un mari dévoué. Cela ne veut pas dire que je suis fidèle[2] », disait avec honnêteté Gianni Agnelli. Sans tomber amoureux, il lui arrive de s'attacher à des femmes sublimes et pulpeuses

2. Philippe Ridet, « Marella Agnelli, la dernière reine d'Italie », *Le Monde*, 12 avril 2019.

chaperonnées par Madame Claude. Florence est de celles-là, fière d'être « redemandée » une trentaine de fois par cet homme à qui elle trouve toutes les qualités : « Sa courtoisie, l'élégance de ses gestes, ses attentions, et surtout son attitude à mon égard faisaient de lui un être exceptionnel. Ce qu'il était vraiment[3] », témoignera-t-elle des années plus tard dans un livre autobiographique.

Lorsqu'il entre dans une pièce, l'effet est toujours le même. Le charisme de Gianni Agnelli emporte tout. L'ami qu'il a invité pour passer la soirée avec les filles de Madame Claude fait pâle figure à ses côtés. L'ambiance est bon enfant. Dans un français parfait, le grand patron italien mène la discussion. Il y a chez lui une manière de tout aborder avec intensité, comme si cette soirée pouvait être la dernière. La mort accidentelle de son père tué par une hélice d'hydravion quand il avait quatorze ans, et la disparition de sa mère dix ans plus tard, ont posé le sens du tragique, masqué par cette vie frénétique qu'il s'impose, cette agitation qui chasse le spleen.

Il s'éclipse très vite avec Florence, laissant Pascale avec son ami. Dans une chambre plongée dans la

3. Patricia Herszman, avec la collaboration de Frédéric Ploquin, *Call-girl du Tout-Paris. Confessions d'une « fille » de Madame Claude*, Nouveau Monde éditions, 2021, p. 96.

pénombre, ses doigts la déshabillent avec délicatesse. Elle le fait basculer sur le lit, caresse son torse athlétique et bronzé qu'elle sent parcouru de frissons. Elle saisit son sexe à pleine bouche, le fait glisser entre la langue et le palais. Il se laisse faire, poussant des soupirs d'aise. Leurs corps moites sont prêts à l'étreinte. Il met de la vigueur dans ce coup de reins qui porte en lui la promesse de faire exulter les chairs. Et ce pas de deux dépasse le rapport sexuel habituel entre une femme qui loue un carré de peau et un homme qui la paie pour cela. Jamais il ne lui fait sentir de déséquilibre. Un magnétisme réciproque entre dans ce jeu. Leurs respirations se répondent, elles font monter les fluides et accompagnent la jouissance. Elle lâche prise. Il s'abandonne à elle.

Gianni Agnelli n'est pas le seul Italien important de ce fichier clientèle. À la même page, juste après lui, est noté Agusta, le nom d'un fabricant d'hélicoptères et de motos basé en Lombardie. Ce nom évoque un souvenir à Hélène. « Il avait un secrétaire qui venait à Paris à l'hôtel Plaza. Et toutes les filles de chez Claude défilaient, et il en choisissait deux. Il m'a retenue avec Régine, une lesbienne. Y en avait beaucoup chez Claude. On prend l'avion pour l'Italie et, le premier soir, on nous laisse dans notre chambre d'hôtel. On s'en donne à cœur joie avec le *room service*, champagne et tout. Le lendemain, on vient nous chercher en hélicoptère pour aller à Porto Cervo, en Sardaigne. Nous étions logées à l'hôtel Cala di Volpe. On nous demande de nous mettre en maillot de bain et on nous amène sur le yacht de Monsieur Agusta. Et on a fait de la représentation toute la journée. Mais c'est tout. On était payées, mais on ne faisait rien. On était là pour le décor. Tous les jours, on repartait le soir, on se faisait notre petite soirée en tête-à-tête toutes les deux, et le lendemain nous retournions sur le bateau. Il ne s'est jamais rien passé. La farce de l'histoire, c'est que nous avons été redemandées quatre ou cinq jours après notre retour à Paris. Régine n'a jamais voulu revenir. J'y suis allée avec une autre fille[4] », me rapporte-t-elle.

Il arrive parfois que des épouses téléphonent chez Claude pour prendre rendez-vous pour leur conjoint. Une enquête du *Monde* raconte que l'actrice Jane Fonda jouait les rabatteuses pour des ébats à plusieurs avec son mari, le réalisateur Roger Vadim[5].

4. Entretien avec l'auteur, février 2021.

5. Corine Lesnes, « Et Jane Fonda se fit un prénom », *Le Monde*, 11 août 2022.

Il arrive aussi que des pères de famille lui demandent d'organiser le dépucelage de leurs rejetons. Un puissant armateur grec l'a fait pour son fils âgé de seize ans. Le secret est révélé par l'artiste américain Andy Warhol dans son autobiographie. « La fille n'était pas trop grande, pas trop petite, pas trop fine, pas trop foncée – tout cela à dessein, pour que Constantin n'aille pas s'accrocher à un type précis[6] », évoque-t-il en racontant sa journée du 2 juin 1977 à Paris. Maïté revendique d'avoir été l'initiatrice du jeune homme, mais à l'hôtel de Paris, le palace de style Belle Époque de Monte-Carlo, à Monaco. Dans la branche française de la famille Rothschild, la tradition est d'offrir aux garçons qui atteignent l'âge de la majorité leur première expérience sexuelle avec une fille de chez Claude.

Le carnet est posé sur le bureau et Madame Claude s'applique à rayer le nom d'un « ami » décédé. Elle se remémore leurs conversations et ce ton enfantin qu'il prenait lorsqu'il l'appelait. Elle avait toujours une idée de la fille douce qui saurait le materner, engager ce divertissement coquin qui conditionnait son excitation. Elle introduira un

6. Andy Warhol, *Journal*, édition établie par son amie et collaboratrice Pat Hackett, Grasset, 1990, p. 77.

autre client huppé dans son club chic, très privé, qui viendra effacer le manque à gagner.

La satisfaction des clients et le profit qui en découle justifient toutes ces heures passées à faire tourner son agence sexuelle, à recruter de nouvelles filles, à les faire tester, à les former en leur donnant un vernis social qui leur manque parfois. Les montagnes d'argent que le succès de son activité dresse devant elle effacent toutes les difficultés, tout le travail fourni pour maintenir ce niveau d'exigence et écraser la concurrence. Elles permettent d'avancer les fonds pour les opérations de chirurgie esthétique, de financer les protections en arrosant des fonctionnaires, d'acheter leur silence et leur bienveillance. La place forte que Madame Claude a réussi à ériger est l'une de ses grandes fiertés. Elle est certes une mère maquerelle, mais la meilleure, comme elle se plaît à le dire. Elle est parvenue à s'extraire de sa condition sociale populaire et à créer l'illusion de la bonne bourgeoise, dont elle a adopté tous les codes. « Elle aimait l'argent plus que tout, c'était son moteur. Elle a beaucoup manqué. Elle disait toujours qu'elle était frigide, et peut-être que son seul vrai plaisir, c'était de toucher des billets[7] », se souvient Catherine, son adjointe.

---

7. Entretien avec l'auteur, mai 2022.

Madame Claude est un caméléon doublé d'une redoutable femme d'affaires. Son numéro est connu des fonctionnaires du Quai d'Orsay, des attachés d'ambassades et des concierges des palaces parisiens, qui savent la trouver lorsque des sommets sont organisés à Paris.

Elle poursuit la lecture de son répertoire et s'arrête à la lettre « K ». Les noms n'y sont pas nombreux, mais c'est pourtant là qu'est inscrit le client qui se définit lui-même comme « l'homme le plus riche du monde ». Plusieurs numéros y sont consignés : ceux du siège de sa société au Luxembourg, de sa villa à Beyrouth, de son appartement parisien au numéro trente-deux de l'avenue Foch, de son hôtel particulier qui abrite ses bureaux au numéro onze de l'avenue Montaigne, ou encore de sa Rolls-Royce munie de vitres teintées avec laquelle il se déplace dans la capitale française.

Né en juillet 1935 à La Mecque d'un père syrien, médecin personnel du premier roi de l'Arabie saoudite moderne, Adnan Khashoggi doit sa fortune à son sens du commerce et du relationnel. Tout débute au collège britannique d'Alexandrie, où il fait la connaissance des futurs rois Fayçal II d'Irak et Hussein de Jordanie. La suite se passe aux États-Unis, à l'université d'État de Chicago, puis à Stanford pour de brèves études d'économie. À distance, il négocie l'achat de camions américains pour un important entrepreneur de travaux publics saoudien. Sur les cent mille dollars que représente ce marché, cinquante mille lui reviennent. À l'âge de vingt-huit ans, à la demande du prince héritier saoudien, il fait livrer des armes françaises aux royalistes du Yémen opposés aux républicains soutenus par l'Égypte. Il ne prend aucune commission, mais gagne la confiance de la famille royale et un statut d'intermédiaire incontournable pour les marchands d'armes occidentaux qui veulent vendre au régime saoudien. Son influence s'étend dans tous les pays du Golfe, dopés par le boom pétrolier. Les dollars pleuvent, les armées de ces régimes s'équipent, et la société Triad d'Adnan Khashoggi, montée avec ses deux frères, engrange des bénéfices fous avec ce business aux parfums de corruption et de scandale. « [...] Il connaît à fond les intrigues de palais, les rivalités, les besoins et les goûts de chacun, ce qui lui permet de répartir avec bonheur les somptueux bakchiches prévus par les vendeurs[8] », précise un journaliste qui a enquêté sur ce juteux et sulfureux commerce.

8. Éric Gerdan, *Dossier A... comme Armes*, éditions Alain Moreau, collection « Dossiers poche », 1975, p. 68.

Cet homme trapu et moustachu s'affiche avec les grands de ce monde. Parmi ses connaissances, on compte Richard Nixon, qu'il rencontre à Paris en 1967, en pleine traversée du désert après avoir été deux fois vice-président des États-Unis, et avant son retour comme président à la Maison-Blanche deux ans plus tard. En janvier 1973, *Le Canard enchaîné* en dit plus sur ce lien entre les deux hommes. « Dans ses bureaux, l'éminent sujet saoudien affiche un portrait de M. Nixon avec les compliments autographes du président américain. Celui-ci aurait apprécié la contribution de son ami à sa campagne électorale (un million de dollars, dit-on). Et les nombreuses amitiés spéciales que Khashoggi entretient à Washington font dire à ses ennemis qu'il est dans les meilleurs termes avec la CIA, la centrale US des services spéciaux[9] », écrit l'hebdomadaire satirique.

Il est également ami avec le shah d'Iran, avec qui il fait du négoce et partage le goût des jolies femmes. C'est à Madame Claude que Mohammad Reza Pahlavi et Adnan Khashoggi passent « commande ». « J'étais très souvent en Arabie saoudite. Aujourd'hui,

9. Article non signé intitulé « Règlement de comptes dans le trafic d'armes. Notre agent au Moyen-Orient », *Le Canard enchaîné*, 3 janvier 1973.

ce serait inimaginable. Il fallait toujours que l'on soit deux filles pour ne pas que l'on s'ennuie, et parce qu'il y avait du monde. Khashoggi était un petit gros, adroit. D'abord, on était à Djeddah, au bord de la mer Rouge. Il habitait dans une espèce de palais où il recevait des sultans, le frère du roi notamment. Après, il fallait que l'on aille avec un des grands pontes. On allait se promener dans le désert. On se faisait photographier avec des Bédouins et leurs chameaux. Et puis on faisait des croisières également. Il avait un énorme bateau, le *Khalidia*, sur lequel on se faisait masser par un type absolument génial, un Libanais qui avait tendance à me sauter dessus aussi[10] », raconte Dominique à son propos.

Ce masseur est un employé permanent de « Monsieur A. K. », tout comme le coiffeur, le chiropracteur et le valet qui le suivent au quotidien. Flambeur et frimeur, l'intermédiaire saoudien dépense chaque jour deux cent cinquante mille dollars pour assurer le financement de son train de vie. En le rencontrant, l'une des filles de chez Claude va voir son destin bouleversé…

En février 2021, je pousse la porte à tourniquet de l'hôtel George-V, un palace parisien de

10. Entretien avec l'auteur, juin 2020.

légende de style Art déco déserté par les touristes étrangers en pleine pandémie de Covid. Des brassées de fleurs, une copie d'un tableau de Nicolas Poussin, une grande tapisserie de Flandres, un sol en marqueterie de marbre et quatre statues ornent son hall spectaculaire. J'ai rendez-vous avec un homme d'affaires d'origine libanaise, médiateur incontournable des grands contrats entre la France et les pays arabes durant la décennie 1980. Ses activités lui ont valu d'être condamné à deux ans de prison, dont un ferme, pour délit d'initié dans une affaire politico-financière qui a entaché la présidence Mitterrand.

Je lui fais face dans un salon rouge totalement vide, où il tente d'obtenir un café. En vain. À quatre-vingt-trois ans, il garde l'œil vif, les sens en alerte et les souvenirs intacts. Il a la nostalgie des années 1960 à Paris alors qu'il était étudiant en droit à Paris, de Saint-Germain-des-Prés, de Juliette Gréco et de Françoise Sagan croisées dans des fêtes, des soirées chez Régine. Au début des années 1970, il n'est rien, mais il souhaite s'associer avec Adnan Khashoggi. Il l'invite à dîner dans un grand restaurant parisien et lui lance : « À part l'argent, vous n'avez rien. Moi, j'ai tout, sauf l'argent. Je vous organise un dîner avec Aristote Onassis chez

Maxim's[11]. » Grâce à la complicité de son amie Christina, la fille de l'armateur grec, il réussit à mettre sur pied la rencontre des deux puissants. Le Saoudien est bluffé, il l'embauche. Il occupe officiellement la fonction d'attaché de presse. En réalité, il est chargé d'organiser les « bons plaisirs » des riches princes arabes. À ce titre, il est donc en contact avec Madame Claude.

« Pour moi, c'était une voix. Une voix qui allait droit au but. "De quoi avez-vous besoin ? Combien de temps ?" Elle était connue pour la qualité de la "marchandise", entre guillemets. Elle trouvait des gens nouveaux. Je n'ai pas connu ça dans d'autres villes. Elles étaient jeunes et jolies, pas trop galvaudées. C'était le plaisir du moment. Il n'y avait pas de grande déclaration du type "Je t'aime". Une fois que l'affaire était faite, c'était terminé[12] », explique celui qui s'est également offert les prestations des filles de chez Claude. Et il poursuit en précisant qu'il a une révélation à faire. « Ce sera la seule », ajoute-t-il en me regardant droit dans les yeux.

« Adnan Khashoggi était déjà client de Madame Claude quand je l'ai connu. Il m'a invité à faire

11. Jacques Follorou, « Le carnet d'or de Samir Traboulsi », *Le Monde*, 30 avril 2005.
12. Entretien avec l'auteur, février 2021.

une croisière avec lui qui partait de Grèce. Il était déprimé, il avait de mauvaises relations avec sa femme, la mère de ses cinq premiers enfants, quatre fils et une fille. Il a fait venir deux filles de chez Claude à Athènes. Adnan aimait être entouré de nanas, il aimait raconter sa vie, il était très humain. Il avait beaucoup de charisme. Il ne faisait pas partie de ces hommes arabes qui jettent les femmes après les avoir consommées. Il était sympa, cultivé, il avait du charme, il était aimable. C'est mieux qu'un bel homme. Sur le yacht, il y avait notamment une très belle fille. Elle se prostituait pour nourrir sa famille. Il l'a prise en affection. "Pourquoi tu fais ça ?" Elle lui a raconté sa vie. Avec le temps, il s'est attaché à elle. Il lui a posé la question : "Que se passe-t-il si je te sors de là ?" Elle a répondu : "Je te serai reconnaissante toute ma vie." Il a demandé à Madame Claude de la laisser tranquille et il a payé pour ça. Il a acheté un appartement à la fille à Paris. Il a divorcé de sa première femme et l'a épousée[13] », me dévoile l'intermédiaire libanais.

Maïté se souvient d'avoir revu un jour cette femme, dont l'existence a été transformée par ce mariage, au détour d'une escapade à Monte-Carlo. Leurs regards se croisent, mais elles n'échangeront pas

13. Entretien avec l'auteur, février 2021.

un mot. « Khashoggi lui achetait toutes les parures de chez Cartier, des diamants, des émeraudes[14] », me confie l'ancienne protégée de Madame Claude. Peut-être un avant-goût de ce collier d'émeraudes et de rubis, de près de deux millions de dollars, qu'il lui offrira le jour de Noël 1986. « Elle est restée avec lui jusqu'à sa mort, malgré un troisième mariage avec une Iranienne de très bonne famille. Il voyageait avec l'une et l'autre. C'était l'époque de la gloire, l'époque des avions, du bateau[15] », conclut l'intermédiaire libanais, dont la proximité avec son ancien patron a été mise à mal par sa volonté d'écarter « Monsieur A. K. » des contrats passés avec la France. Il assistera à sa chute provoquée par les poursuites de la justice américaine, de mauvaises affaires, des créances et une mise au ban du pouvoir saoudien.

Sur une autre page du répertoire est couché le contact du prince Moulay Abdallah, le frère du roi du Maroc, Hassan II. Dominique garde en mémoire un déplacement fait avec ce représentant de la famille royale marocaine dans d'étonnantes circonstances. Le 24 janvier 1972, le prince maro-

14. Entretien avec l'auteur, mars 2021.
15. Entretien avec l'auteur, février 2021.

cain assiste aux funérailles de Frederik IX, le roi de Danemark décédé dix jours plus tôt, quelques mois seulement avant de fêter ses vingt-cinq ans de règne. Six souverains régnants, quatre présidents, des dizaines de princes et de princesses, des chefs politiques du monde entier sont réunis dans la capitale danoise pour rendre hommage au père de la reine de Grèce, gendre du roi de Suède, apparenté à la reine d'Angleterre et au prince Philip. « Avec une autre fille de chez Claude, on était dans notre chambre d'hôtel et on suivait en direct la retransmission des funérailles, en attendant le retour du prince marocain qui nous avait amenées avec lui[16] », relate Dominique.

Sans jamais révéler de noms, Madame Claude s'enorgueillira bien plus tard d'avoir permis à certaines de ses filles de faire de beaux mariages. En voyant à la télévision ou en croisant dans des réceptions certaines de ses anciennes pensionnaires devenues marquise, épouse d'un président de tribunal de commerce, d'un grand industriel ou d'un chanteur de variétés, elle se glorifiera d'avoir joué la marieuse, ajoutant là un brevet d'honorabilité à sa « coupable industrie ». Car Madame Claude ne se voit pas en proxénète ordinaire. « Je donnais

16. Entretien avec l'auteur, juin 2020.

un service, et un service extrêmement difficile, à ces jeunes femmes, je prenais soin d'elles, j'étais très, très près d'elles quand elles avaient un ennui, un souci, puis elles avaient des vies quand même très agréables[17] », se justifiera-t-elle des années plus tard.

Quoi qu'il en soit, toutes les femmes passées par son réseau, et ayant accédé ensuite à un statut social élevé, garderont la peur de voir ressurgir ce passé encombrant, d'affronter la rumeur lancée par des âmes malveillantes.

Madame Claude elle-même va voir son image de marque écornée par une sale affaire.

17. Propos de Madame Claude diffusés dans l'émission *L'Heure du crime* intitulée « Madame Claude, proxénète du Tout-Paris », présentée par Jean-Alphonse Richard, RTL, 8 avril 2022.

6.

Une sale affaire

« Le mystère qui entoure l'assassinat de Stevan Markovic, ce Yougoslave, ancien secrétaire et garde du corps de l'acteur de cinéma Alain Delon. Ce mystère a fait encore passer une nuit blanche aux enquêteurs de la première brigade mobile. Tard dans la nuit, ils ont entendu plusieurs témoins susceptibles d'apporter des éléments nouveaux dans cette affaire assez mystérieuse. Dont, parmi eux, Alain Delon et sa femme Nathalie[1]. » Dans son bureau de la rue de Marignan, Madame Claude monte le son du transistor en entendant le lancement du présentateur du journal de 8 heures sur France Inter le lundi 14 octobre 1968.

1. « Inter Actualités », journal présenté par Jean-Armand Ladidi, France Inter, 14 octobre 1968.

« Et, bien que le mutisme le plus complet entoure cette nouvelle audition, il est fort possible que le couple soit entendu de nouveau aujourd'hui. Les policiers ont également entendu un mauvais garçon qui en saurait beaucoup sur cette affaire ; il est vrai que Stevan Markovic n'hésitait pas à se livrer à tout trafic susceptible de lui rapporter vite et beaucoup d'argent. C'est pourquoi le champ d'investigation des enquêteurs s'étend à des milieux très différents », précise le journaliste Jacques Chabot sans révéler l'identité de l'intéressé. Lorsque le présentateur reprend le micro pour annoncer une information de dernière minute, un tremblement de terre en Australie, Claude n'y prête plus attention. Elle est plongée dans la lecture du *Figaro* qui, le même jour, évoque une rumeur qui pourrait éclairer l'assassinat de l'homme à tout faire d'Alain Delon, tué d'une balle dans le crâne à l'âge de trente ans. Son corps tuméfié, enveloppé dans une housse de matelas et une toile de jute, a été retrouvé par un chiffonnier, le 1er octobre 1968, dans une décharge publique d'Élancourt, dans les Yvelines.

Le jeune Yougoslave aurait participé à des parties fines en compagnie de célébrités qu'il aurait ensuite voulu faire chanter. C'est la piste mentionnée par le quotidien. « Repris de justice, Markovic avait cependant réussi à se faire de nombreuses relations dans les milieux de la politique, du spectacle et de la chanson. C'est ainsi que l'on évoque les noms de plusieurs actrices, de chanteuses, celui de la femme d'un ancien membre du gouvernement et ceux d'un député, de deux hauts fonctionnaires et de plusieurs vedettes[2] », lit Claude dans cet article qui, par prudence, ne s'aventure pas à donner le nom de l'épouse de l'homme de pouvoir. Il circule pourtant dans certains cercles.

Deux jours après la publication de l'article, une soirée est organisée à l'Opéra de Paris. Le couple Pompidou attire tous les regards, d'autant plus que l'épouse de l'ancien Premier ministre du général de Gaulle porte ce soir-là un voyant bermuda en soie rose lamée or. Au même moment, Alain Delon arrive au bras de sa nouvelle compagne, la comédienne Mireille Darc. Le lien est vite fait. Trop vite. La rumeur enfle, alimentée par les ennemis de Georges Pompidou. Claude Pompidou est « la femme d'un ancien membre du gouvernement » suspectée d'avoir participé à une soirée sexuelle en

2. J.-L. Meteye, « Le crime d'Élancourt : un ami intime de Markovic recherché par les enquêteurs. Alain et Nathalie Delon entendus seize heures par les policiers », *Le Figaro*, 14 octobre 1968.

présence de Markovic et de l'un de ses compatriotes à qui il aurait demandé de garder le secret.

Georges Pompidou est mis au courant tardivement. Le chef de l'État, son Premier ministre et son garde des Sceaux n'ont pas cru bon de l'informer. Il comprend qu'en attaquant sa femme de manière aussi grossière, c'est lui que l'on cherche à abattre. Les relations plus distantes qu'il entretient avec le président de la République, qui l'a renvoyé de Matignon en juillet 1968, son ambition politique, et la vie mondaine qu'il mène avec son épouse, n'y sont sans doute pas étrangères. Un écran de fumée est dressé. L'enquête se concentre un temps sur la personnalité du couple Pompidou, bien plus finalement que sur la recherche du meurtrier.

Madame Claude se perd dans ses pensées. Elle tente de reconstituer le fil de cette histoire, de comprendre la chute de ce play-boy qu'elle connaissait de nom et dont elle appréciait peu les méthodes.

Quelques mois plus tôt, au cœur de l'été, Alain Delon tourne dans une villa de Ramatuelle le film *La Piscine*, qui signe ses retrouvailles avec son ancien amour, Romy Schneider, devant la caméra de Jacques Deray. Il lui arrive de passer du temps à L'Épi Plage, un club privé monté sur la plage de Pampelonne, à une dizaine de kilomètres de Saint-Tropez, au début de l'année 1960. Brigitte Bardot,

Johnny Hallyday, Henri Salvador, Claude Brasseur, Marie Laforêt, Eddie Barclay, le couple Pompidou, Guy Béart, le peintre Bernard Buffet et sa muse Annabel, mais aussi Mireille Darc, Sacha Distel, Françoise Sagan et son frère Jacques Quoirez sont des habitués des lieux. Ils peuvent se retrouver au bord de la piscine, bronzer dans la « poêle à frire », sorte de cratère creusé dans la dune, ou faire la fête dans un esprit bohème chic.

Ce club n'a pas attendu le vent de Mai 68 pour libérer les mœurs. Albert Debarge, son fondateur, à la tête d'une grande fortune qu'il doit à son laboratoire pharmaceutique, est un adepte des paradis artificiels et des jeunes femmes qu'il aime initier à ses excès dans la « chambre des minettes[3] ». Jacques Quoirez, grand ami de Madame Claude, sait en faire profiter celui qui finance ce club et qui l'a employé un temps dans son laboratoire. Il arrive donc aux filles de chez Claude de fréquenter ce lieu. Pas elle, la discrète. La muette, peut-on dire.

Au mois d'août 1968, Alain Delon ne cache pas son agacement face aux frasques de son homme à tout faire, qui a franchi la ligne rouge en flirtant avec son épouse Nathalie. Il a fini par le licencier, sans

3. Information donnée par Frédéric Mauch dans son livre *L'Épi Plage. Une saga tropézienne*, Pygmalion, 2019, p. 71.

pour autant le mettre à la porte du deux-pièces qu'il occupe dans son hôtel particulier au 22, avenue de Messine, dans le VIIIe arrondissement. Il s'en ouvre à son ami François Marcantoni, un truand corse dont il a d'abord connu le frère en fréquentant son bar lorsqu'il était engagé dans la marine, à Toulon, avant son départ pour l'Indochine.

À L'Épi Plage, la silhouette de Stevan est connue. Des femmes surtout. Son corps athlétique et ses performances sexuelles sont ses atouts, dont il use et abuse pour séduire des dames fortunées prêtes à le consoler de ses dettes contractées dans les casinos de la côte. Le jeu est pour lui une distraction, mais aussi un moyen habile de faire perdre de l'argent à d'autres. C'est cet aspect douteux de la personnalité du jeune homme que Madame Claude ne tarde pas à découvrir. Stevan Markovic s'est introduit dans le cercle de ses clients. C'est la thèse évoquée par un journaliste qui, dans les années 1970, a enquêté sur cette affaire. « Il embauchait un certain nombre de filles qui avaient pour mission essentielle d'amener leur client à la table de jeu d'un tripot parisien où il avait ses petites entrées. Stevan lui-même, avec parfois un ou plusieurs comparses, prenait place aux parties. Il savait adroitement manier les cartes et se retirait souvent avec des sommes assez importantes sur lesquelles il prélevait les honoraires de ses entraîneuses[4] », relate-t-il.

Madame Claude, folle de rage que l'on puisse empiéter sur ses plates-bandes en captant sa clientèle et en l'arnaquant, a fait connaître son mécontentement. Sans succès. Lorsque Stevan Markovic disparaît quelque temps plus tard dans des circonstances troubles, la proxénète n'est pas directement inquiétée. Une de ses anciennes pensionnaires, comédienne et chanteuse, est entendue par les policiers du Service territorial de la police judiciaire de Versailles et un policier de la Brigade mondaine, spécialement détaché pour cette affaire sensible. François Marcantoni, l'ami d'Alain Delon, propriétaire de la housse plastique dans laquelle le corps de Markovic était enveloppé, est inculpé de complicité d'assassinat et placé dix mois en détention avant de bénéficier d'un non-lieu. Ce crime ne sera jamais élucidé.

« En vérité, je n'oublierai pas ces semaines durant lesquelles j'ai vu ma femme perdre toute joie de vivre, je n'oublierai pas ce regard traqué de quelqu'un qui se sent sali sans pouvoir se protéger de la boue. Je ne l'oublierai pas et je ne le pardon-

---

4. Claude Clément, *La Vérité sur l'affaire Marcovitch*, Fernand Lanore, 1976, p. 54.

nerai pas[5] », écrit Georges Pompidou au général de Gaulle en janvier 1969, dans une longue lettre adressée à l'occasion des vœux. Il gardera toujours sur lui un petit étui en cuir contenant une fiche sur laquelle sont notés les noms de ceux qui lui ont manqué.

Quelques mois plus tard, il prend sa revanche sur les ennemis de son camp qui ont voulu l'abattre politiquement. Lorsque le général de Gaulle démissionne à la suite d'un référendum perdu, Georges Pompidou est candidat à sa succession. Face à Alain Poher, son concurrent à droite donné vainqueur, il prend très vite l'avantage. La manipulation de l'affaire Markovic a révélé une personnalité que l'on ne soupçonnait pas chez cet homme pudique et discret. Le 15 juin 1969, à cinquante-huit ans, il devient le deuxième président de la Ve République. Cinq jours plus tard, il entre à l'Élysée avec son épouse.

Avec ce changement à la tête de l'État, Madame Claude craint de voir ses protections écartées du pouvoir. L'affaire Markovic a provoqué trop de blessures chez le nouveau président pour qu'il

---

5. Propos de Georges Pompidou cités dans le documentaire *Georges Pompidou, la maladie du pouvoir*, réalisation Agnès Hubschman, collection « Un jour / un destin », Magnéto Presse, France 2, décembre 2013.

n'ait pas envie d'assainir un système corrompu, de nettoyer la police de ses brebis galeuses, d'éloigner les hommes de l'ombre exécuteurs des basses œuvres gaullistes. Combien de temps encore pourra-t-elle exercer en toute tranquillité ? Et si ce changement annonçait une mauvaise passe ?

7.

Mauvaise passe

Dans le grand appartement de l'avenue Paul-Doumer, entre le Trocadéro et la Muette dans le très chic XVIe arrondissement de Paris, Madame Claude se détend sur le canapé. C'est la première pause dans une journée où tout son temps est dédié à faire prospérer son affaire, à tenir l'objectif de l'excellence qui l'anime depuis qu'elle a lancé son téléphone rose, sa ligne coquine, celui d'une femme qui exploite des femmes en louant leurs corps. Les états d'âme ne l'assaillent pas, elle a même le sentiment de faire œuvre utile en empêchant les divorces. Sur la table basse, les bulles d'une eau pétillante s'échappent de leur verre. Elle y a à peine trempé ses lèvres.

Cela fait un moment qu'elle n'a pas vu sa fille qui, en septembre 1967, a fêté ses vingt-cinq ans.

Élevée par sa grand-mère à Angers, la jeune femme s'est habituée à grandir sans cette mère trop occupée par son activité à Paris, à se passer des signes d'affection qui, d'ordinaire, rassurent et donnent confiance en soi. Les mandats envoyés pour les anniversaires et les fêtes qui appellent des cadeaux n'ont pas suffi à créer un lien. La tendresse ne s'achète pas, l'affection ne se décrète pas. Joséphine Grudet, la mère de Madame Claude, a comblé les manques.

Le grincement de la porte de l'ascenseur sur le palier vient troubler ce moment suspendu. Madame Claude se redresse et se passe une main dans les cheveux. Elle qui, à longueur de journée, donne des ordres et des conseils à ses employées, n'entend pas être prise en défaut. Jacques, qui partage sa vie, ne comprendrait pas cette forme de laisser-aller, ce relâchement dans l'attitude. Elle est toujours tirée à quatre épingles, habillée de vêtements griffés et bien coiffée.

Cet homme aux lèvres fines, de huit ans son aîné, a vécu, lui aussi, une journée intense à la tête de l'imprimerie familiale de la rue Arago, à Saint-Ouen. Il a rassuré des clients impatients de recevoir leurs publications, établi des devis et commandé des fournitures. Les embouteillages entre la banlieue nord et le sud de Paris ont eu raison de sa patience et de son humeur. Les retrouvailles sont électriques.

Le baiser échangé est furtif, la nervosité palpable dans les regards. Les sentiments n'animent plus ce couple. Obnubilée par l'argent, Claude se lasse de renflouer les mauvaises affaires de son compagnon.

Qui est cet homme qui a été l'un des rares amours de la vie de Madame Claude ? Je veux retrouver sa trace, en savoir plus sur sa personnalité. Jean Debuire, ancien commissaire à la Mondaine, me communique la date et le lieu de naissance de l'intéressé. La mairie d'une ville de l'Essonne, située à cinquante kilomètres de Paris, me délivre l'acte établi en février 1915. Sur ce document sont mentionnés ses deux mariages qui se sont soldés par deux divorces, ainsi que la date et le lieu de sa disparition en 2014, là où il résidait en Normandie. La copie de son acte de décès, obtenue par courrier quelques jours plus tard, me met sur la piste de son fils qui a déclaré sa mort. Je lui écris sans obtenir de réponse pendant plusieurs semaines. La maire de la petite commune dans laquelle il habite me promet d'appuyer ma demande.

Le 24 janvier 2022, je découvre son message vocal sur mon répondeur. Le surlendemain, nous nous entretenons au téléphone. Il se souvient de Claude, croisée épisodiquement alors qu'il était encore adolescent et qu'il ne vivait pas avec son père. Il garde en mémoire quelques brefs échanges au cours desquels elle lui a raconté avec aplomb l'histoire de sa déportation dans un camp de concentration pendant la Seconde Guerre mondiale. Il a cru cette légende inventée, tellement elle livrait de détails crédibles.

« Le nom de mon père n'apparaît jamais dans l'histoire officielle. D'ailleurs, lorsqu'il vivait avec elle, elle n'avait pas cette activité[1] », soutient-il comme pour évacuer le soupçon de complicité de proxénétisme et la gêne liée à ce commerce singulier. « Vous ne donnerez pas mon nom. Je tiens à ma tranquillité[2] », ajoute-t-il avec une pointe d'inquiétude dans la voix.

« Claude m'a présenté Jacques. Ils vivaient ensemble. C'est comme ça que je l'ai connu. Ça nous arrivait de dîner tous les trois et, après, je rentrais chez moi. Elle a été amoureuse une fois dans sa vie, mais je ne sais pas… Il lui a piqué beaucoup de fric aussi, elle avait son fric chez elle, il lui a piqué, enfin bref… Ça a duré un moment, et après elle a déménagé. Elle a quitté Jacques[3] », me raconte Maïté.

Jacques était bien au courant de l'activité de sa compagne. La preuve figure dans le témoignage

1. Entretien avec l'auteur, janvier 2022.
2. *Ibid.*
3. Entretien avec l'auteur, mars 2021.

de Maïté et dans un acte notarié que je finis par obtenir. En février 1970, c'est lui qui agit « en qualité de mandataire de Mademoiselle Fernande Joséphine GRUDET, directrice de société, demeurant à PARIS (seizième arrondissement), rue de Boulainvilliers n°32, célibataire majeure[4] ». À l'époque, Madame Claude souhaite vendre par adjudication deux biens immobiliers : la mythique adresse du 18, rue de Marignan, achetée en 1961 au prix de soixante-trois mille nouveaux francs payés comptant, où elle a reçu des clients et fait prospérer son activité, et une propriété à Houetteville, dans l'Eure, acquise en octobre 1965 pour la somme de cent cinq mille francs. Ces éléments sont inédits ; ils sont issus du cahier des charges de cette vente par adjudication, rédigé par Me Raoul Texier, notaire à Vernon.

La lecture de ce document obtenu auprès de l'administration fiscale révèle bien d'autres secrets. Fernande Grudet a signé au début de février 1967 une reconnaissance de dette de 447 346 francs au profit des établissements Levitan, le premier fabricant français de meubles. Elle doit aussi à l'Union

---

4. Formalité de publicité foncière du 9 mars 1970, 1er bureau de la Seine, Direction générale des finances publiques Paris.

pour le recouvrement de la sécurité sociale et des allocations familiales (URSSAF) la somme de 36 490,37 francs, « en vertu de quatre jugements du tribunal de police de Paris[5] » rendus en 1967. Enfin pèse sur elle une hypothèque légale prise en décembre 1968 à la demande du Trésor, à qui elle est redevable de 4 442 409,40 francs. La vente à la bougie de l'appartement parisien, mis à prix à 135 000 francs, et de la maison dans l'Eure, mise à prix à 95 000 francs, n'est sans doute pas étrangère à cette situation financière compliquée.

Comme le précise l'acte, Madame Claude exploite une nouvelle adresse, en 1970, dans le XVIe arrondissement de Paris. Jacques, son compagnon, se retrouve même administrateur de sa société, « Résidence de la Muette », créée quatre ans plus tôt, qui a pour objet « l'exploitation de tous hôtels avec ou sans restaurant[6] ». Cet hôtel d'un genre particulier, situé au numéro trente-deux de la rue de Boulainvilliers, est en fait une maison close qui ne dit pas son nom. Les clients « amis » viennent y boire un verre au salon, où les

5. *Ibid.*
6. Information tirée du livre d'Élisabeth Antébi et Anne Florentin, *Les Filles de Madame Claude. Un empire qui ne tient qu'à un fil*, France Loisirs, 1980, p. 156.

filles les reçoivent et peuvent les faire monter dans les deux chambres.

C'est le commissaire Debuire, l'ancien de la Mondaine, qui m'incite à m'intéresser au propriétaire de cette adresse à l'époque. Il refuse de me donner directement son identité. Je récupère le numéro de cadastre de la parcelle et, contre un chèque de quatorze euros adressé au Trésor public, j'obtiens du Service de la publicité foncière une surprenante révélation. Le propriétaire n'est autre que l'association diocésaine de Paris, autrement dit l'archevêché louait à la proxénète les murs de sa maison de rendez-vous.

Florence n'avait pas pour habitude de questionner les garçons qu'elle recevait sur leur profession. L'un d'eux, qui garait sa très belle voiture noire en bas de chez elle, lui a demandé un jour si elle savait qui il était. « Non, je ne voyais pas. Je ne me souviens plus du nom qu'il m'a donné, mais j'ai retenu sa phrase : "Mais je suis l'archevêque !" J'avais connu des comtes, des ducs, des ambassadeurs, il manquait le prélat[7] ! » écrit-elle dans un récit autobiographique.

---

7. Patricia Herszman, avec la collaboration de Frédéric Ploquin, *Call-girl du Tout-Paris. Confessions d'une « fille » de Madame Claude*, *op. cit.*, p. 120.

C'est dans cet hôtel particulier qu'un jeune inspecteur principal de la Brigade criminelle se retrouve un jour de 1971 avec son patron, le commissaire Jobard, et le chef de la section criminelle du Parquet. Madame Claude a appelé le 36, quai des Orfèvres, pour un incident. « Quand on a débarqué rue de Boulainvilliers avec l'identité judiciaire, on l'a découverte avec le bras en écharpe, recouvert d'un gros pansement. Elle avait été touchée par une balle de 6,35 mm qui l'avait blessée. C'était un différend avec l'une de ses filles, qui lui avait tiré dessus avec un petit revolver. Elle nous a éconduits de manière très claire. "Ça ne vous regarde pas. Je veux parler à Pierre." En fait, elle avait appelé l'état-major et nous nous sommes déplacés sur un malentendu. Elle souhaitait traiter cette affaire de manière discrète avec Pierre Ottavioli, qui dirigeait la Brigade de voie publique à l'époque et qui était son interlocuteur lorsqu'il était à la tête de la Mondaine. Nous sommes repartis et il n'y a pas eu d'affaire[8] », se remémore le jeune inspecteur principal qui ne souhaite pas être nommé.

En 1971, la « Résidence de la Muette » de Madame Claude ferme ses portes, comme en

8. Entretien avec l'auteur, avril 2022.

témoigne un rapport intitulé « Les activités galantes à Paris » que me remet Monsieur X, l'ancien de la Brigade mondaine, le 4 février 2022, lors d'un déjeuner. Avant l'arrivée des plats, je ne peux m'empêcher de me plonger dans la lecture de ce document inédit, qui dresse un panorama de la « galanterie » parisienne et liste divers lieux de débauche et d'ébats collectifs, salons de massage et cabinets de soins esthétiques, « flagellantes » prêtes à fesser et à fouetter, grands hôtels et, évidemment, tenancières de bordels. « C'est ainsi que l'on trouve un certain nombre de femmes proxénètes installées dans des hôtels particuliers ou des appartements qui présentent de jeunes et jolies femmes à une clientèle d'initiés. Ces femmes proxénètes sont en général d'anciennes prostituées ayant "réussi", c'est-à-dire acquis, en même temps qu'une certaine fortune, l'autorité et la diplomatie nécessaires pour tout à la fois se faire obéir de "leurs filles" et acquérir la confiance de leur clientèle[9] », est-il écrit dans cet exemplaire destiné au commissaire Roger Le Taillanter, à la tête de la Brigade mondaine entre 1970 et 1974. Comment ne pas reconnaître Madame Claude dans ces

9. Citation extraite du rapport « Les activités galantes à Paris en 1971 », document inédit de la Brigade mondaine.

lignes ? Un peu plus loin, une page entière lui est consacrée dans le chapitre premier, intitulé « Les proxénètes », qui rassemble une quinzaine de mères maquerelles. Elle apparaît juste après Madame Billy, « spécialisée dans l'organisation des dîners ou soirées demandés par certaines personnalités importantes en visite à Paris (président d'Indonésie, ambassadeur de Chine, prince d'Arabie séoudite...)[10] », et avant Madame Colette, dont l'affaire a été reprise par son ancienne femme de chambre.

La nouvelle adresse de Madame Claude, le 3, rue de Belloy dans le XVIe arrondissement, et son nouveau numéro de téléphone, le 727-89-18, sont mentionnés d'emblée. « Il s'agit d'un appartement loué au nom de P. et occupé par la dame GRUDET Claude, 48 ans. Cette femme, anciennement installée 18, rue de Marignan à Paris (8e), puis 32, rue de Boulainvilliers (16e), était incontestablement, il y a quelques années, la proxénète "dans le vent" la mieux placée de la capitale, tant par l'importance et la qualité de sa clientèle que par la classe de ses "collaboratrices", dont plusieurs ont d'ailleurs fait carrière au cinéma ou à la télévision... À la suite d'un certain scandale ayant défrayé la

10. *Ibid.*

chronique, Madame GRUDET a stoppé presque complètement son activité pendant un temps et repart assez discrètement en se servant de ce numéro de téléphone comme poste de "dispatching" et dirige quelques jeunes femmes, souvent cultivées et distinguées, vers un fonds de clientèle qui – satisfaite de ses services – a retrouvé sa trace. Compte tenu d'instructions particulières, le détail de l'activité de Madame GRUDET échappe à la Brigade mondaine[11]. »

Cette dernière phrase est lourde de sens. Quelles sont ces instructions particulières qui lui assurent cette protection solide ? « Si j'étais très moche, je dirais que je n'avais pas affaire au petit personnel, mais je ne le dirais pas. Il faut aller très haut si on veut vraiment être protégée bien, longtemps, il faut aller au plus haut[12] », lâche, bravache, la proxénète sur un plateau de télévision en 1990, juste avant de tomber pour proxénétisme aggravé.

Monsieur X me le confirme : sans une protection politique, Madame Claude n'aurait pas pu exercer pendant vingt ans. À cela, il faut ajouter une autre

11. *Ibid.*

12. Propos de Madame Claude tenus dans l'émission *Histoires vraies* présentée par Béatrice Schönberg et Gilles Schneider, La Cinq, 7 novembre 1990.

assurance-vie : la clientèle française et internationale de très haut niveau qu'elle avait su attirer et fidéliser avec son escadron de call-girls.

8.

Madame Tolmatschew

Ce jeudi 12 octobre 1972, le taxi se faufile dans les rues de Londres. À l'arrière, Claude se tient droite dans son tailleur crème qui lui donne sa fameuse allure bourgeoise. Elle vérifie dans son sac à main que sa pièce d'identité est à la bonne place, dans la pochette intérieure qu'une fermeture Éclair vient verrouiller. Assise à côté d'elle, Maïté, vêtue d'une courte jupe en cuir et chaussée de longues bottes en croco, somnole. Pour elle, la nuit a été presque blanche. Le client avec qui elle avait rendez-vous la veille pour un dîner voulait jouer les prolongations, boire un dernier verre chez Castel, célèbre club privé de Saint-Germain-des-Prés, danser un peu, et surtout discuter. Lui raconter en détail ses peines de cœur. Elle voyait l'heure tourner et faisait bonne figure, tout en rêvant d'aller se coucher. Elle savait que le réveil sonnerait tôt : il lui faudrait rejoindre l'aéroport, retrouver sa « patronne » et vivre avec elle une journée particulière.

Aujourd'hui, Madame Claude se marie pour la première fois, à l'âge de quarante-neuf ans. Maïté, la « fille » dont elle se sent la plus proche, et le chauffeur du *Black Cab* qui les conduit dans le très chic quartier de Kensington seront les témoins de cette union avec Roland Tolmatschew. Cet homme de quarante-deux ans, né à Kharkov[1] d'un père diplomate ukrainien, mort dans un goulag stalinien, et d'une mère suisse, vit à Genève. Marié une première fois, il a divorcé en mai 1965. Avec sa barbe fournie, ses cheveux longs et ses vêtements amples, il a tout du hippie rêveur, l'apparence et l'état d'esprit aux antipodes de la femme qu'il va épouser. Entre eux, il n'y a pas de sentiments amoureux et aucun projet de vie à deux. Il y a une « association » parfaitement claire, des intérêts partagés. Pour des questions financières et fiscales, Madame Claude veut obtenir la nationalité suisse. Roland Tolmatschew a accepté de devenir le mari de celle qui saura se montrer généreuse pour service rendu. La Grande-Bretagne facilite les formalités. Personne ne viendra

1. Aujourd'hui Kharkiv, deuxième plus grande ville d'Ukraine.

contester ce couple que la Confédération helvétique reconnaîtra à son tour. La proxénète obtiendra un passeport suisse, le pays du secret bancaire.

Devant le représentant de l'autorité, Madame Claude a le visage fermé. Dans l'œil de celui qui lui fait face, elle décèle une forme de perplexité devant l'alliance des contraires, l'attirance de forces opposées. Elle se rassure en se disant que ce n'est pas le premier couple baroque qu'il unit. Elle tend l'oreille pour ne pas rater le moment où elle devra exprimer son consentement, elle qui ne parle pas très bien anglais. Derrière eux, Maïté et le chauffeur de taxi ont du mal à contenir des rires nerveux, tant la situation leur paraît surréaliste. « Oh, qu'est-ce qu'il était moche, son mari, mais elle s'en foutait. Elle ne s'est pas mariée par amour[2] », me confie-t-elle.

Le mariage qui se joue devant eux a tout d'une scène de comédie dont ils sont les acteurs consentants. L'échange des alliances et la signature des registres parachèvent l'officialisation de ce couple arrangé, de cette relation intéressée, de cette illusion des sentiments comme Madame Claude aime la créer avec ses filles et ses clients « amis ». Au nom de la loi, elle est maintenant Madame Tolmatschew. Au nom de l'amour, elle demeure Mademoiselle

2. Entretien avec l'auteur, mars 2021.

Grudet, femme célibataire bien décidée à le rester. Depuis sa séparation avec Jacques l'année précédente, elle a quitté l'appartement qu'ils partageaient avenue Paul-Doumer et a emménagé au cœur de l'île Saint-Louis. La routine qui s'installe et la lassitude qui en découle ont eu raison de leur relation.

Désormais, il n'y a plus personne dans sa vie. Il n'y a plus de relations sexuelles non plus. Elle qui a essayé les deux sexes n'a jamais aimé ça. Elle s'est habituée à dormir dans un lit d'enfant.

La cérémonie officielle a duré une quinzaine de minutes à peine. « On a signé et aussitôt on a repris l'avion. Avec Claude, nous sommes revenues à Paris le jour même », se souvient Maïté. Les affaires priment.

Cinquante ans après cette noce expédiée, qu'est devenu le premier mari de Madame Claude ? Recueillir les témoignages de personnes qui l'ont connu et qui pourraient m'éclairer sur ce qui a poussé cet homme à épouser une femme si secrète n'est pas aisé. La lecture d'un article paru dans la *Tribune de Genève* le 24 juin 2005 m'en apprend plus sur le parcours de ce libraire-voyageur, à qui son père a transmis le goût des lettres françaises et sa mère la passion des périples à travers le monde. À trente ans, il rêve de cinéma et de Paris. En 1963, le réalisateur franco-suisse Jean-Luc Godard fait de lui son assistant sur le tournage du film culte *Le Mépris*, avec Brigitte Bardot et Michel Piccoli. « Jean-Luc me laissera quand même tourner un plan du film, la scène finale où le cabriolet de Bardot s'encastre dans un camion. Mais le cinéma reste pour moi une vraie déconvenue[3] », raconte-t-il dans ce portrait qui lui est consacré.

Ce sera sa seule expérience du septième art. Il se lie d'amitié avec le chanteur Georges Moustaki, tisse un lien avec le poète et dramaturge Jean Cocteau, et rend visite à la femme de lettres Colette dans son appartement du Palais-Royal. Et, dans ces années 1960 bouillonnantes, il fait aussi la connaissance de la Suissesse Catherine, une jeune femme interprète avec qui il part en voyage en 1968 et que je parviens à rencontrer. « Je voulais soigner une peine de cœur[4] », me précise-t-elle sur le seuil de sa vieille librairie de voyage dans le quartier de l'île Saint-Louis à Paris. Les cheveux blancs, un fort tempérament, ses yeux brillent lorsqu'elle évoque ce baroudeur charismatique et séducteur, qui a assuré des remplacements dans sa boutique et

3. Emmanuel Grandjean, « Roland Tolmatchoff » (cette écriture permet de mieux approcher la prononciation de son nom), *Tribune de Genève*, 24 juin 2005.
4. Entretien avec l'auteur, avril 2022.

est devenu son mari, en 1988, pour protéger son patrimoine et éviter qu'il n'aille à sa belle-mère en cas de malheur.

« Roland avait ses petits secrets[5] », me répond-elle quand je l'interroge sur son mariage avec Madame Claude. Elle assure avoir tout ignoré de cette étonnante alliance en 1972, et avoir croisé une seule fois cette femme à l'allure bourgeoise. Avant de mettre fin à la conversation, je lui demande en quelle année est décédé Roland Tolmatschew. Elle plante ses yeux dans les miens et me lance : « Pourquoi vous dites ça ? Roland est toujours vivant. Il a quatre-vingt-douze ans, il est dans un établissement médico-social à Genève. On se parle au téléphone tous les jours[6]. » Après insistance, elle accepte de l'interroger sur les conditions dans lesquelles il a connu Madame Claude, sur cet accord qui les a conduits au mariage et sur la décision de leur séparation. « Je n'ai pas de bonnes nouvelles pour vous, il ne se souvient de rien[7] », me prévient-elle un vendredi de juillet 2022. Quelques jours plus tard, elle me le passe sur son portable. « Vous connaissez Alois ? C'est le

5. *Ibid.*
6. *Ibid.*
7. Entretien avec l'auteur, juillet 2022.

prénom d'Alzheimer[8] », me dit-il en blaguant. Il a de l'esprit, de la repartie et se montre drôle, mais il reconnaît que sa mémoire lui fait défaut. Il ne se souvient ni de la rencontre, ni de son témoin de mariage, ni de la date de leur séparation. « Elle était très froide[9] », lâche-t-il simplement comme une dernière impression sauvée de l'oubli.

Londres n'est rien par rapport aux grands voyages qui attendent Maïté et Madame Claude. Entre elles, il n'y a pas que du travail, il y a aussi des vacances lointaines. Claude a fait passer la consigne à la compagnie en réservant les billets. En s'installant dans l'avion, elle s'assure discrètement auprès des hôtesses que le message a bien été transmis. En première classe, les clients sont choyés : mets fins, grands crus et attentions de tous les instants. Mais, pour sa jeune protégée, elle veut marquer le coup, ce 8 mars 1973. Pour les trente ans de Maïté, elle tient à ce que son champagne préféré, le Cristal Louis Roederer rosé, lui soit servi à bord.

Ce dîner de fête vient agrémenter un vol qui va durer une quarantaine d'heures, en direction de Nouméa, ce territoire français dans le Pacifique. Les

8. Entretien avec l'auteur, juillet 2022.
9. *Ibid.*

deux femmes observent un passager endormi, les yeux cachés derrière un masque. Claude se met à imaginer sa vie. Elle échafaude un scénario, disserte sur ses relations fatiguées avec son épouse et sa vie sexuelle morne qu'une de ses filles pourrait facilement réveiller. Elle invente des situations, des répliques, des détails qui font rire la trentenaire.

Maïté aime l'esprit de Claude, son humour acide qui lui fait dire que les fellations faites par ses filles dessinent l'ovale de leurs visages et évitent l'affaissement de leurs joues, ou encore qu'avec un petit cachemire et un vison, on n'a jamais froid. Claude, elle, est fascinée par la fantaisie de Maïté, son caractère décomplexé, son évident détachement et sa bonne humeur. En la recrutant dix ans plus tôt, elle lui promettait de ne jamais la laisser tomber. Un lien affectif s'est noué entre les deux femmes qui perdure au fil des années. Leur relation résistera même au départ de sa jeune protégée, lorsqu'elle vivra une histoire sentimentale simultanée avec un banquier vénézuélien et un grand chirurgien new-yorkais, deux clients très riches rencontrés par son intermédiaire.

La discussion s'éteint progressivement. Le champagne aidant, la fatigue s'installe. Les sièges spacieux et confortables invitent à un sommeil profond, qui contribue à faire passer le temps du vol et les escales en direction de cet archipel du bout du monde. « Claude avait acheté une plantation aux Nouvelles-Hébrides. Ce condominium franco-britannique est maintenant indépendant. Aujourd'hui, ça s'appelle le Vanuatu. Il y avait je ne sais pas combien d'hectares et un faré, une maison traditionnelle comme on en trouve à Tahiti, des cocotiers et un lagon. J'y suis allée trois années de suite en vacances avec elle. Quand on arrivait en Nouvelle-Calédonie, on ne savait plus comment on s'appelait parce qu'avec ce long trajet, le décalage… Un jour, nous avons atterri à Nouméa, dans cet aéroport encore en bois à l'époque. On devait prendre notre correspondance pour les Nouvelles-Hébrides trois ou quatre heures après. Ils avaient fermé l'aéroport, ces cons ! Alors on était comme deux connes devant le bâtiment, avec des piles de bagages, et puis il y a un mec qui est passé avec une camionnette. On l'a appelé en lui demandant s'il y avait un restaurant dans le coin. Il a répondu : "Non, il n'y a rien du tout, mais je peux vous emmener un peu plus loin." Dans cet endroit, rien à bouffer. On a mangé une choucroute en boîte, vous imaginez ? Ça, c'est une anecdote avec Claude. On avait rigolé[10] », me raconte Maïté.

10. Entretien avec l'auteur, mars 2021.

Après une dernière heure de vol, Claude et Maïté arrivent enfin à destination. Elles vont passer un mois dans cet endroit paradisiaque. Et là, chacune conserve son habituel rythme de vie. « C'était une couche-tôt, ce n'était pas du tout une fêtarde. Elle était debout à 6 heures du matin. Moi, j'avais sympathisé avec des gens sur place, je connaissais du monde après, donc je sortais. Mais, en vacances avec elle, des fois on se couchait vachement tôt[11] », me précise-t-elle.

Ces instantanés de voyage, Maïté les a rangés dans des albums à l'ancienne avec un film plastique qui protège les clichés pris, pour certains, il y a près de cinquante ans. Elle les ressort lorsque je lui rends visite un samedi glacial du mois de mars à Belfort. Elle me reçoit dans son appartement, et me montre deux belles carafes en cristal dotées d'une monture en argent, et un meuble d'art populaire suisse, qui ont appartenu à Claude. Au mur, une belle toile figurative et onirique signée de son ancien mari, un professeur d'arts plastiques de la région épousé en 1982, avec qui Madame Claude ne s'est jamais entendue.

De grands yeux bleus, les cheveux blonds mi-longs, un pull en laine bleu marine, les ongles peints

11. *Ibid.*

d'un rouge vif, Maïté tourne les pages et voit les souvenirs ressurgir du passé. Les pantalons larges, les chemisiers ajustés, la silhouette élancée, son apparence contraste avec sa compagne de voyage. Sur une photographie, Madame Claude pose seule en tailleur-pantalon de coton blanc, les cheveux longs ramassés dans une queue-de-cheval, et le regard tendre pour un Italien qui s'est entiché de Maïté lors d'un voyage de tourisme effectué toutes les deux à Hong Kong. Je mets un peu de temps à la reconnaître, car si son nom est connu à l'époque, son visage ne l'est pas. Elle est une invisible. En la voyant avec ce physique de dame très convenable, on peine à l'imaginer à la tête d'un réseau de prostitution de luxe mondialement connu.

C'est encore elle, avec ce visage mélancolique, qui fixe l'objectif, la tête penchée, les lèvres rehaussées d'un discret reflet nacré, sur un bateau qui fait le tour de la baie. Sur une autre pose, Reine, sa gouvernante, est à côté d'elle. Hong Kong, les Nouvelles-Hébrides, les îles Fidji, Tahiti et l'Australie, lors de toutes les vacances passées avec Madame Claude, Maïté fait chavirer le cœur des hommes. « Nous sommes allées à Sydney. En sortant de l'ascenseur, y avait un mec qui était jeune et pas mal. On l'a retrouvé au restaurant quelque temps plus tard. Il s'est assis à une table à côté de la nôtre et Claude lui a proposé de se joindre à nous. Et, le lendemain, il nous a proposé d'aller visiter les Sisters, les trois rochers célèbres des montagnes Bleues. Il avait une grande exploitation avec beaucoup de bétail à Canberra. Claude voulait me marier avec lui. Elle m'a dit : "Qu'est-ce que t'es bête ! T'as des mecs qui sont milliardaires et qui voudraient t'épouser, et toi, tu refuses." Plusieurs fois, j'ai refusé les propositions de mariage. J'ai eu des hommes très riches qui m'aimaient bien[12] », se souvient Maïté sans exprimer le moindre regret.

À près de quatre-vingts ans aujourd'hui, elle ne renie rien de cette relation forte avec celle qu'elle appelle Claude, de cette vie de call-girl qui lui faisait gagner jusqu'à cinquante mille francs par mois, dépensés en vêtements griffés, voyages en Concorde et nuitées dans les plus beaux hôtels. Aujourd'hui, elle se contente de peu, une très maigre retraite. Elle assume tout, y compris ce statut de témoin de mariage qui lui a finalement attiré des ennuis. C'est au cours des années 1970, peu de temps après le discret événement londonien, qu'elle est convoquée par l'administration fiscale. « Je rencontre deux inspecteurs des impôts rue Ampère dans le XVIIe arrondissement, et d'emblée je reconnais le

12. Entretien avec l'auteur, mars 2021.

rouquin que j'avais eu en client. "Je vous connais, vous", je lui fais. Je ne sais plus ce qu'il a répondu. Quand vous passez une heure et demie avec un homme, il vous pose des questions, et vous vous vantez un peu. Les deux m'ont questionnée, ils savaient que j'étais témoin de mariage de Claude parce que d'autres filles leur avaient parlé. Et ils voulaient avoir le nom du mari. Je n'ai pas voulu le donner. Ils m'ont dit : "Vous verrez ce qu'il se passera." Et après, j'ai reçu un courrier des impôts qui me réclamaient cinquante briques[13] sur mes revenus perçus entre 1968 et 1972. Alors Claude m'a mise en relation avec un ancien inspecteur des impôts devenu avocat. J'ai été en procès pendant des années. Et ça m'a coûté bonbon[14] », détaille Maïté, sans en vouloir pour autant à celle qui l'employait. Au cours de cette même décennie, Madame Claude, elle aussi, va se retrouver dans le viseur de l'administration fiscale.

13. Cinq cent mille francs.
14. Entretien avec l'auteur, mars 2021.

9.

Les menaces

En tournant dans le magnétophone, les bobines de la cassette sur lesquelles défile la bande magnétique émettent un léger bruit. Il est à peine perceptible, uniquement quand Madame Claude et son interlocuteur font silence. En cet après-midi écrasant de l'été 1974, dans le Lot, elle se prête pour la première fois de sa vie à l'exercice de l'entretien. Elle a accepté parce que ce projet est rémunéré, et la situation sous contrôle. Jacques Quoirez est chargé de recueillir ses confidences et d'en écrire un livre. Les éditions Stock l'ont commandé à prix d'or. Elles nourrissent de grands espoirs de vente pour les Mémoires d'une femme qui fait scandale, programmés au printemps 1975.

Madame Claude est en confiance avec cet homme de quatre ans plus âgé qu'elle. Il la connaît bien, elle l'apprécie, alors elle parle. Avec sa voix flûtée et maniérée, elle raconte son enfance chez les sœurs visitandines à Angers, la guerre, la déportation pour faits de Résistance, ses débuts à Paris, le lancement de son réseau de prostitution et son extraordinaire réussite. Elle arrange la réalité, l'enjolive et la falsifie. Elle convoque souvent le mensonge.

Dès qu'il sent l'attention de Claude baisser, Jacques Quoirez sait trouver les mots pour relancer la discussion. Il l'interroge sans jamais la contraindre, sans la pousser dans ses contradictions et ses errements historiques. Il a accepté d'être le diffuseur d'une parole formatée, le conteur de la belle histoire du « vice joli », de « jeunes filles » heureuses de rencontrer de nouveaux « amis » dans un club privé, presque d'une mère supérieure à la tête d'un pensionnat très particulier. Il a signé un contrat pour être le portraitiste d'une impératrice du charme et de l'amour, d'une sorte de conseillère matrimoniale, pas d'une mère maquerelle. C'est lui qui va écrire la légende dorée de Madame Claude, pleine de fraîcheur et de volupté.

Les pages du carnet de Jacques Quoirez sont noircies de notes, de mots-clés, d'expressions à reprendre. Une petite diode rouge clignote sur l'enregistreur, la cassette ne tourne plus. La fin de la bande signe l'arrêt de la conversation, qui dure depuis une heure. Claude a besoin d'une pause. Les deux amis sortent dans le jardin de la maison de Dreuilles, le lieu-dit de la commune de Larnagol, qui offre un panorama spectaculaire sur le plateau calcaire des Causses du Quercy, « ne s'ouvrant à regret que pour laisser la lente glissade du Lot[1] », pour reprendre les mots de Françoise Sagan. C'est là que Jacques, l'enfant du pays, a tenté de faire pousser des peupliers, des arbres gourmands en eau dans une zone aride. Ils ont tous crevé. Ici, ce sont les chênes qui composent le paysage.

Sophie Quoirez, l'une des filles de Jacques, a évidemment connu cette maison. Elle en garde des souvenirs d'enfance et d'adolescence, et notamment celui d'avoir croisé Madame Claude un jour. « Je devais avoir treize ou quatorze ans, c'était au moment des fêtes de Noël ou des vacances de février, je ne sais plus. J'étais avec ma belle-mère. Je prenais mon vélomoteur pour aller faire un tour. Madame Claude m'a sorti : “Si j'étais ta mère, je ne te laisserais pas sortir.” J'ai très peu connu ma mère. Donc c'était déplacé de dire ça. Par ailleurs, elle était venue avec une fille ou deux, et l'une d'entre elles était comme de l'eau de roche, une enfant très pure, une source transparente. Elle était devenue ma copine[2] », confie-t-elle.

1. Françoise Sagan, *...et toute ma sympathie*, Julliard, 1993, p. 21.
2. Entretien avec l'auteur, avril 2021.

Dans le village de Cajarc qui l'a vu naître, comme ses sœurs Suzanne et Françoise, Jacques Quoirez marque la population par son excentricité et son sens de la fête. « Il avait une Lamborghini et une autre voiture de type Jeep américaine dans laquelle il plaçait ses deux gros chiens, à l'arrière. Il se baladait toujours avec une petite liasse de Pascal, des billets de cinq cents francs mis comme ça, à l'arrière d'une poche, sans portefeuille. C'était un bringueur[3] », raconte Serge Cunhac, qui, pendant plus de vingt ans, a vendu et réparé des appareils électroménagers, des postes de radio et de télévision dans son commerce de la place du Foirail. Son épouse, Marie-Christine, tenait à la même adresse une boutique de chaussures fréquentée par Madame Claude. « Elle aimait bien venir. C'est comme ça que l'on a sympathisé. Je lui plaisais parce que j'étais bien habillée. Elle était autoritaire et franche. Et elle faisait tout pour que ses filles soient les mieux de Paris. Elle n'avait pas peur de dire les choses quand ça n'allait pas[4] », explique-t-elle dans leur ancienne arrière-boutique, remplie de vieux postes radio et de platines de collection.

Bien avant le sketch du *Schmilblick* signé Coluche, qui situait injustement Cajarc dans l'Aveyron, sur

3. *Ibid.*
4. *Ibid.*

le plateau d'une émission de Guy Lux, en 1976, les deux anciens commerçants ont connu et côtoyé les personnalités qui ont fait la réputation de cette petite commune d'un peu plus de mille habitants, comme Françoise Sagan, son frère et sa sœur, Madame Claude, le comédien Maurice Ronet et le couple Pompidou. Ils me conduisent au Prajoux, le hameau où le président de la République et son épouse aimaient se ressourcer, dans une ancienne bergerie cachée des regards. Un bâtiment servait à loger les gardes du corps ; les gendarmes étaient postés à l'entrée dans une cazelle ronde, un petit abri de berger. Un métayer, payé par le couple, élevait des brebis Causses du Lot, une race locale reconnaissable à ses yeux cerclés de noir. Les chevaux que montait Claude Pompidou vivaient dans un champ, derrière la maison. Madame Claude n'a jamais mis les pieds dans cette propriété. Contrairement à ce qu'elle écrivait dans ses livres et disait dans les interviews, l'épouse du président n'a pas été sa camarade de classe à Angers. Ses activités, sa réputation et la blessure de l'affaire Markovic dressaient une barrière infranchissable entre elle et le couple.

Avant la tenue d'un Conseil des ministres début mars 1974, Georges Pompidou confie à son gouvernement souffrir le martyre et vouloir aller se reposer à Cajarc. Il n'en aura pas le temps. Sa disparition le

2 avril 1974 signe la fin d'une époque. C'est dans cette petite commune du Lot que Madame Claude fait l'acquisition de la propriété d'un médecin parisien. Elle appartenait auparavant à Olivier Guichard, successivement ministre de l'Éducation nationale et de l'Aménagement du territoire, de l'Équipement et des Transports, sous la présidence Pompidou, puis éphémère garde des Sceaux de Valéry Giscard d'Estaing durant sept mois, entre août 1976 et mai 1977.

Sur le document de la publicité foncière que je récupère auprès de l'administration fiscale, il n'y a pas la moindre trace de Fernande Grudet. C'est un ami suisse décorateur, Bernard Schuler, qui était officiellement propriétaire du mas de Cardaillac. Une fiche de renseignements émise le 12 juin 1975 par un inspecteur des Renseignements généraux révèle les dessous de cette vente et la présence d'un prête-nom helvétique mal identifié. J'y ai accès après de longs mois d'attente et de nombreuses relances auprès d'un conseiller du ministre de l'Intérieur. La déclassification finit par être autorisée. « Madame "CLAUDE" est venue à Cajarc pendant le week-end du 7 au 8 courant, date probable de la transaction. Elle a séjourné chez Mr. QUOIREZ à moins de 2 km à vol d'oiseau de la propriété du défunt Président POMPIDOU. Elle utilisait un véhicule 304 Peugeot immatriculé à TOULOUSE et probablement loué à l'aéroport de Blagnac[5] », précise cette note tamponnée « diffusion restreinte ». Cette surveillance policière est le signe que la protection dont elle bénéficie est en train de tomber.

Joint par téléphone le 1er septembre 2020, quelques mois avant sa mort, le notaire local qui a conclu la vente reconnaît que le montage financier, avec des fonds helvètes, aurait pu lui valoir des ennuis. Sentant le vent tourner, Madame Claude veut sans aucun doute mettre à l'abri un patrimoine que pourraient saisir les impôts. « Le fisc était en droit de prendre des garanties hypothécaires. Bernard Schuler, un type costaud, un grand barbu, trimbalait de l'argent liquide de Suisse dans son combi Volkswagen. Il versait l'argent à l'étude, je faisais le comptable pour rendre service, ça ne me rapportait rien[6] », me précise-t-il.

Situé à quatre kilomètres du bourg de Cajarc, le bâtiment en forme de L, flanqué d'une tour et d'un four à pain, borde une petite route de campagne. C'est un endroit idéal pour se reposer et recevoir des amis. Dominique Pezet a vu cette maison animée un jour de l'été 1973 ou 1974. Il a quinze ou seize ans, et il

5. Fiche de renseignements, Direction centrale des renseignements généraux, Archives nationales, département de la Justice et de l'Intérieur.
6. Entretien avec l'auteur, septembre 2020.

accompagne l'aubade donnée par un accordéoniste et un trompettiste du comité des fêtes de Cajarc. Un grand déjeuner se tient dans le jardin de Madame Claude. « Il y avait plein de monde, notamment des filles qui étaient sans doute venues se mettre au vert. Françoise Sagan était là. Madame Claude a pris la parole, elle a tapé dans les mains en disant : "C'est pour le comité des fêtes de Cajarc, messieurs, soyez généreux." Nous sommes repartis, le chapeau était bien plein. On a pu payer l'orchestre pour les trois jours, ça nous a financé entièrement la fête du village[7] », raconte-t-il face au terrain où s'est déroulée la généreuse quête.

Son épouse Martine a, elle, vécu une autre scène avec la proxénète dans le salon de coiffure qui l'employait à Cajarc. « Un jour d'été, Madame Claude arrive au salon avec un joli chemisier. Il faisait très chaud. J'allais lui passer le peignoir avant de lui faire son shampoing. Sans prévenir, elle a décidé d'enlever son vêtement, et elle n'avait pas de soutien-gorge... Vous imaginez, seins nus en plein salon... "Martine, vite, le peignoir !" La patronne était en panique », me confie-t-elle dans un grand sourire.

C'est également dans la petite commune lotoise que Jean-Pierre Labro a rencontré Madame Claude, à une époque où elle était la reine incontestée de la galante-

---

7. Entretien avec l'auteur, avril 2021.

rie et se faisait discrète. Il n'a rien oublié de ce premier contact. « Un jour, ma belle-mère me dit : "Je vous présente mon amie Claude. N'en parlez à personne, parce que personne ne sait où elle est. Personne ne connaît son visage." J'ai encore en tête l'image de cette dame ici, dans le petit salon, avec un col Claudine, très bon chic, bon genre, très cul pincé, qui appelait le bureau à Paris et disait : "Alors, tout marche bien ?" Je me marrais forcément, parce que j'avais compris ce qu'elle faisait[8] », me raconte-t-il. Cette rencontre s'est jouée au 43, boulevard du Tour-de-Ville, dans la maison qu'occupait Yvette Barran, sa belle-mère, et qu'il a rachetée après son décès. Cette antiquaire de Saint-Germain-des-Prés était venue s'installer dans le Lot à la faveur de ses bonnes relations avec la famille Quoirez. Cette dernière avait consenti à lui vendre cette demeure du XIXe siècle, jouxtant la maison natale de son amie Françoise Sagan, avec qui elle partageait le sens de la fête et une admiration pour François Mitterrand, dans un clan qui penchait clairement pour Georges Pompidou.

Au fil de la discussion dans la cuisine, un samedi du mois d'avril 2021, des souvenirs lui reviennent en mémoire et le font sourire. Il décrit cette étonnante vision de Madame Claude, en jupe, agenouillée, en

8. Entretien avec l'auteur, avril 2021.

train de cirer le parquet de sa bergerie, ou encore le jour de son anniversaire, au cours duquel sa belle-mère l'embarque à Villefranche-de-Rouergue, dans le département tout proche de l'Aveyron, pour lui offrir un cadeau de chez *Jeanot Lou Paysan*, une institution du vêtement dans la région. Madame Claude est du voyage : « Elle m'a dit : "Yvette vous offre des jeans. Moi, je vous offre une ceinture." "Tu parles, elle l'a piquée", m'a fait savoir ma belle-mère en sortant[9]. »

Il ressort un cliché des années 1970. Jean pattes d'éléphant, lunettes aviateur et costume mauve, Jean-Pierre Labro y apparaît aux côtés de son épouse Marie-Félicie, de sa belle-mère Yvette Barran et du compagnon de celle-ci, Jean-Claude... Il est l'heure de l'apéritif. Je suis intrigué par le visage d'une femme de profil, dissimulé derrière son carré long d'un roux lumineux. C'est bien la fille de Claude qui sert les boissons sur la terrasse de la maison de sa mère. C'est l'une des rares fois où je la vois exister dans son environnement, elle, la grande absente de cette histoire.

En avril 1975, la parution du premier livre de Madame Claude fait évidemment parler d'elle. Dans la préface, Jacques Quoirez, qui a tenu la plume,

9. *Ibid.*

présente *« Allô oui » ou les Mémoires de Madame Claude* comme « l'histoire d'une femme incontestée dans un domaine contestable, d'une réussite morale dans l'immoralité, d'un rêve dans ce qui est souvent un cauchemar[10] ». L'intéressée se prête au jeu médiatique en accordant une interview au journaliste Philippe Bouvard le vendredi 23 mai 1975, au cours d'une émission diffusée sur Antenne 2, en première partie de soirée. À la quarante-cinquième minute de ce programme, qui met à l'honneur le chanteur Mort Shuman, apparaît un dispositif particulier. Deux silhouettes, assises autour d'un guéridon et éclairées d'une lumière rose, se font face. Philippe Bouvard demande au réalisateur de placer un rectangle blanc en bas de l'écran pour éloigner les enfants. « Ah, il faut aussi que je vous prévienne, à la demande de la dame que je vais interroger et qui tient à conserver son mystère et son anonymat, nous allons réaliser certainement pour la première fois à la télévision française une interview en ombres chinoises[11] », indique-t-il en préambule aux téléspectateurs, avant de présen-

10. Claude Grudet et Jacques Quoirez, *« Allô oui » ou les Mémoires de Madame Claude*, *op. cit.*, p. 11.
11. Émission *Bouvard en liberté* proposée par Maurice Dumay, présentée par Philippe Bouvard, réalisée par Alexandre Tarta, Antenne 2, 23 mai 1975.

ter son invitée comme « une intermédiaire[12] », « une des plus célèbres entremetteuses de l'après-guerre[13] ».

« On a l'impression, à vous lire, que c'est une tâche humanitaire que vous avez remplie pendant quinze ans ?

– Oui, c'est presque ça. Vous avez, messieurs, des moments où vous êtes un peu seuls, un peu tristes. J'ai essayé de remplir ces moments de tristesse par quelques instants de gaieté.

– C'est ça, enfin, gaieté, c'est un mot évidemment qui ne recouvre pas toutes les activités qui étaient celles de ce que vous appelez vos "jeunes filles", ça c'est un mot qui m'a séduit et surpris à la fois.

– C'est un joli mot, c'est quand même plus joli que de dire "prostituées". »

L'entretien prend fin au bout de sept minutes. En quittant le studio, Madame Claude est contente d'elle. Elle a maîtrisé sa communication, et donné l'image d'une femme respectable, qui rend service à des messieurs « esseulés et tristes », et à des « jeunes filles » à la recherche de revenus complémentaires. Philippe Bouvard, lui, n'affiche pas le même enthousiasme. Certes, il a décroché le

12. *Ibid.*
13. *Ibid.*

premier entretien télévisé de celle qui attise toutes les curiosités, mais, en relayant sur un ton badin les propos convenus de son livre, il n'a obtenu aucune révélation. Pas une confidence. Pas un nom. Pas un prix. « Mme Claude était bien la femme la plus convenable, la plus sérieuse, la plus austère que j'aie jamais rencontrée. Des souliers presque plats, une jupe très longue, des gants blancs, un petit chapeau, pas un centimètre carré d'épiderme apparent[14] », racontera le présentateur quelques mois plus tard, en se remémorant son premier rendez-vous avec la proxénète au bar anglais du Plaza Athénée pour négocier sa venue dans l'émission.

Le succès de librairie attendu n'est pas au rendez-vous, d'autant que quelques semaines plus tard sort un autre ouvrage sur son commerce, que Madame Claude a tenté de faire interdire. C'est une enquête menée par deux jeunes femmes de vingt-neuf et vingt-huit ans, qui ont tenté de se faire embaucher dans son réseau. Élisabeth Antébi, journaliste, et Anne Florentin, professeure d'histoire, n'ont pas poussé l'audace jusqu'au bout, mais elles ont toutefois réussi à rencontrer des clients et plusieurs filles, parmi lesquelles « Lia la Caresseuse », « Yoshiro

14. Philippe Bouvard, *Du vinaigre sur les huiles*, Stock, 1976, p. 100.

le Seigneur de la guerre », « Samantha la Grande Bourgeoise » et « Sidonie la Don Juane[15] », qui n'est autre que l'adjointe de Claude. À l'époque, cette vingtenaire aux longs cheveux blonds, bisexuelle assumée, écume les discothèques parisiennes à la recherche de nouvelles recrues. Elle fréquente le Katmandou, une boîte lesbienne située rue du Vieux-Colombier, dans le VIe arrondissement.

Madame Claude, elle, n'a pas l'habitude de sortir. Un soir, elle va tenter d'entrer chez Castel, une institution de la nuit parisienne très fréquentée par ses filles et la plupart de ses clients. Elle est accompagnée d'un ami styliste que la portière reconnaît immédiatement. En revanche, la tête de cette petite dame à l'air peu aimable ne lui revient pas. Elle lui barre l'entrée, avec des mots très directs. « Vous savez à qui vous vous adressez ? Vous savez qui je suis ? Je suis Madame Claude », lui lance la proxénète d'un ton menaçant. « Vous ne m'impressionnez pas, madame. Votre ami entre, mais vous, vous restez dehors. » Vexée qu'on lui refuse l'accès, Madame Claude se met dans une colère folle. Elle éructe des noms d'oiseaux. Son ami tente par tous

15. Surnoms donnés par Élisabeth Antébi et Anne Florentin dans *Les Filles de Madame Claude. Un empire qui ne tient qu'à un fil, op. cit.*

les moyens de faire retomber la pression. Rien n'y fait. Il repartira avec elle, sans avoir pu prendre un verre. Elle deviendra définitivement *persona non grata* dans le célèbre club de la rue Princesse.

Au-delà de la simple anecdote, cette réaction traduit une certaine fébrilité. La notoriété la grise, à condition qu'elle garde la maîtrise absolue de son image. La démarche entreprise par les deux enquêtrices, qui s'intéressent aux coulisses de son empire et de son parcours, n'a donc rien pour lui plaire. « Je vous interdis, vous entendez, vous interdis de vous mêler de ma vie. Il n'est pas question que je vous rencontre, que je discute. Retirez-vous avant qu'il ne soit trop tard… Vous manipulez des forces dont vous ne soupçonnez pas la puissance ! […] D'ailleurs, j'ai un message pour vous : des messieurs haut placés, qui ne veulent pas dire leur nom, vous demandent de renoncer à votre projet[16] », leur balance-t-elle un jour au téléphone d'une voix aiguë, se plaignant des angoisses générées chez ses clients, et redoutant des répercussions néfastes sur son activité.

C'est au cours de cette période que les deux auteures reçoivent certaines nuits d'étranges coups

16. Propos de Madame Claude rapportés par Élisabeth Antébi et Anne Florentin, *Les Filles de Madame Claude. Un empire qui ne tient qu'à un fil*, *op. cit.*, p. 165 et 167.

de fil. Une voix non identifiée les menace de les défigurer au sucre, à la manière des blessures punitives infligées par la pègre aux prostituées qui tentaient d'échapper à leurs souteneurs. Leurs visages étaient marqués d'une croix tracée au rasoir, au couteau, ou à l'aide d'un morceau de sucre qui retardait la cicatrisation.

Les deux femmes n'ont jamais su qui avait voulu les intimider. À force de persuasion, elles ont finalement obtenu le témoignage de Madame Claude. En juin 1975, leur livre paraît ; il réussit à occulter les Mémoires de la proxénète. Les deux auteures révèlent les dessous de ce qu'elles qualifient de « bordel de la Ve République ». Les rabatteurs commissionnés, les industriels qui utilisent le réseau pour leurs cadeaux d'entreprise, les filles qui doivent faire croire aux hommes qu'elles sont séduites, les revenus indécents de la patronne, tout est passé au crible. La légende que Madame Claude s'emploie à construire est écornée, le mythe abîmé. Auréolée de sa toute-puissance et de la solidité de ses protections politiques et policières depuis quinze ans, la proxénète se pense encore intouchable, mais l'âge d'or va prendre fin. Un nouveau président est à l'Élysée, et un nouveau ministre de l'Intérieur place Beauvau.

10.

Premières condamnations

Au cœur de l'île de la Cité, la façade du bâtiment est massive, stricte, impressionnante, à l'image de l'institution qu'il représente. En montant les marches qui mènent au Palais de Justice de Paris, Madame Claude, cinquante-deux ans, a le cœur qui bat plus vite qu'à l'accoutumée. Elle sent bien l'accélération du palpitant dans sa poitrine. Ce lundi 20 octobre 1975, la reine du téléphone rose a rendez-vous dans un autre type de chambre. Un lieu dans lequel les hommes et les femmes portent la robe. Un lieu ouvert au public et aux journalistes. Un lieu fait pour juger les crimes et délits, et les sanctionner.

Depuis quinze ans qu'elle exerce son activité d'intermédiaire occulte, c'est la première fois qu'elle est contrainte de s'expliquer devant les magistrats de la dix-septième chambre correctionnelle. Quelques mois plus tôt, en juillet 1975, elle ne s'était pas présentée à l'audience. Trop fatiguée, elle avait préféré garder le lit, selon les mots de son défenseur. Le substitut du procureur et le président avaient décidé de renvoyer l'affaire pour pouvoir l'entendre.

Flanquée de son conseil, Me Claude-Henri Lévy, elle se presse dans la grande salle des pas perdus, remarquant à peine les statues de Berryer, avocat monarchiste du XIXe siècle, et de Malesherbes, le défenseur de Louis XVI. Elle trace sa route comme elle l'a toujours fait, la tête haute, le dos bien droit et les jambes solides. Elle se dit que rien de grave ne peut lui arriver, elle qui a toujours été préservée de tout, des assauts du Milieu et de la police. Elle ne se doute pas que la disparition, quatre mois plus tôt, de la Mondaine, renommée Brigade des stupéfiants et du proxénétisme, n'est pas qu'un simple changement de nom. Elle implique une refonte des objectifs, des orientations et des méthodes de travail. Michel Poniatowski, ministre de l'Intérieur du jeune président élu, Valéry Giscard d'Estaing, reprend à son compte la ligne défendue par son prédécesseur place Beauvau. La moralisation de l'utilisation des mouchards de police, la fin des protections et des pots-de-vin qui y étaient souvent associés deviennent la règle. Les effectifs sont renouvelés, des personnels déplacés et, avec eux, plusieurs figures du commerce du sexe se retrouvent malmenées. Madame Claude n'a pas conscience de la lame de fond qui se forme. Elle se pense intouchable, toute-puissante, animée d'un désir de notoriété qui va accélérer sa chute.

Le tribunal est un dédale de galeries, un labyrinthe dans lequel il est aisé de se perdre. Madame Claude se laisse guider par son avocat, qui connaît toutes les subtilités de cette géographie judiciaire. Ils arrivent enfin dans la partie correctionnelle, qui date de Napoléon III. C'est là que, le 8 juillet 1975, un détenu, voisin de cellule de Jacques Mesrine à la prison de la Santé, a réussi à s'évader. Une balle a fendu pour toujours un bloc de la verrière qui sépare les deux étages des salles d'audience.

Les lambris, le plafond à caissons et le buste de Marianne, légèrement incliné, donnent toute sa solennité à la dix-septième chambre, dans laquelle Madame Claude et son défenseur prennent place. Le visage sévère, les mâchoires serrées, le regard hautain, elle toise les magistrats. Lorsqu'elle est appelée à s'avancer et à témoigner à la barre, elle se montre peu loquace.

« Vous êtes surtout une femme d'affaires. Des proxénètes, on en voit tous les jours. L'intérêt est de savoir si vous êtes banale ou non, en raison du caractère extraordinaire de vos bénéfices[1] », attaque d'emblée le président du tribunal. L'échange est tendu et bref. Si la proxénète reconnaît toucher un bénéfice sur les prestations de ses jeunes filles, elle récuse l'idée selon laquelle les couturiers chez qui elle oriente ses pensionnaires lui reversent de l'argent. « Voyons, non, ce serait un mensonge[2] », dit-elle sobrement sans convaincre l'assemblée.

Les magistrats ont, dans la procédure, des éléments qui leur permettent d'apprécier les juteuses affaires de son réseau. Ainsi, en 1972, en l'espace de trois mois, elle a organisé « cinq cent quinze rencontres d'après-midi, deux cent cinquante-cinq nuits d'amour hautement tarifé, soixante voyages de week-end[3] ». Le spécialiste des affaires de police à *L'Humanité* évoque, lui, « 1 831 infractions constatées à l'encontre de son industrie[4] ».

Le procureur de la République requiert une lourde peine, en rapport avec les sommes gagnées.

1. Bruno Frappat, « La mystérieuse Madame Claude », *Le Monde*, 22 octobre 1975.
2. *Ibid.*
3. *Ibid.*
4. Claude Picant, « Le problème de la journée : "Mme Claude" viendra-t-elle ? », *L'Humanité*, 20 octobre 1975.

Me Brunois, l'avocat de la partie civile – les Équipes d'action contre la traite des femmes et des enfants, une association qui lutte contre le proxénétisme et accompagne les victimes de l'exploitation sexuelle –, réclame cinquante mille francs de dommages et intérêts. Pour tenter d'apitoyer les magistrats, Madame Claude s'exprime une dernière fois. « Je gagne aujourd'hui deux mille sept cent soixante-dix francs, dans un emploi de relations publiques dans le prêt-à-porter féminin. Je peux vous montrer ma fiche de paie », dit-elle d'une voix lasse. Elle ne trompe personne, c'est une « couverture », un emploi fictif.

En sortant du tribunal, Madame Claude n'a plus la force qu'elle avait en entrant. Son avocat tente de la rassurer. Rien n'y fait, elle s'interroge.

Son mauvais pressentiment est confirmé quatorze jours plus tard. Le lundi 3 novembre 1975, elle est condamnée pour proxénétisme à un an de prison avec sursis, dix mille francs d'amende, trois ans de privation de ses droits civiques, civils et familiaux, et cinq mille francs de dommages et intérêts à verser à la partie civile, les Équipes d'action contre la traite des femmes et des enfants.

L'échange au téléphone avec son avocat est bref. Elle n'a pas grand-chose à lui dire, juste à faire le constat d'une période de turbulences, comme celle qui avait suivi l'affaire Markovic, et à se questionner sur la solidité de ses protections. Doit-elle se résigner à laisser tomber son commerce très rémunérateur ? Certainement pas, l'affaire est trop belle. Elle n'a pas bâti cet empire pour l'abandonner au moindre coup de semonce. Et pourtant, cette première condamnation en appelle une autre bien plus sévère.

Une nouvelle convocation au tribunal ne tarde pas à venir. Cette fois, ce sont les magistrats de la onzième chambre correctionnelle qui la jugent pour fraude fiscale. Le vendredi 19 mars 1976, elle emprunte le même chemin. Le parvis, les marches, les couloirs qui n'en finissent plus, et, en elle, cette colère intacte et bouillonnante lorsqu'elle se remémore ce qui a déclenché la foudre. Tout a démarré près de quatre ans plus tôt.

Les mercredis 17 et 24 mai 1972, Madame Claude voit débarquer chez elle des inspecteurs des douanes. Sur un ton véhément, elle tente de s'opposer à leur entrée dans son appartement, mais ces derniers peuvent perquisitionner sans mandat d'un juge d'instruction. Ils agissent dans le cadre d'une enquête d'infraction sur les changes – en clair, l'absence de déclaration de mouvements financiers aux bureaux des douanes. Le quotidien *Le Monde* évoque, lui, un étonnant hasard : une enquête sur un trafiquant d'armes dont elle était la maîtresse supposée et qu'en réalité elle ne connaissait pas.

C'est dans une note émise par le procureur de la République, en décembre 1975, que se cachent les secrets de cette procédure qui a précipité sa chute. Elle dormait depuis trente-cinq ans dans les cartons de la cour d'appel d'Agen, qui avait dû se prononcer, en 1986, sur une demande de remise en liberté de Fernande Grudet. Elle était alors emprisonnée à Cahors pour non-paiement d'une dette fiscale. Sans l'aide d'une archiviste des archives départementales de Lot-et-Garonne et la bonne volonté d'une greffière, je n'aurais pas obtenu la dérogation me permettant de consulter toutes ces pièces judiciaires.

Je découvre que la saisie des carnets et des agendas de Madame Claude, son trésor de guerre, a conduit l'administration fiscale à se pencher sur son cas et à vérifier ses revenus, entre 1969 et 1971. Ces documents précieux qui consignent tous les rendez-vous des filles permettent aux inspecteurs d'évaluer les gains. Ils épluchent également la comptabilité de Continental American, l'agence de voyages parisienne ayant délivré les billets d'avion des femmes en déplacement. Ils font enfin le constat que Madame Claude se garde bien d'utiliser ses deux comptes bancaires ouverts à la Banque nationale de Paris et au Crédit industriel et commercial. Le montant des bénéfices dissimulés aux impôts de 1969 à 1971 se chiffre à plus trois millions et demi de francs. « L'inculpée ne fait pas l'objet de renseignements défavorables de la part de la police. Son casier judiciaire en date du 18 juillet 1975 ne porte pas de mention de condamnation. Elle change fréquemment de domicile. Elle aurait des intérêts financiers importants aux Nouvelles-Hébrides[5] », écrit le procureur, avant de requérir le renvoi devant le tribunal correctionnel.

Dans son tailleur vert rehaussé d'une écharpe de soie beige, Madame Claude joue la naïve en s'adressant aux magistrats. Elle ignorait dans quelle catégorie elle était imposable et, en raison de l'imprécision de son statut, elle estimait même ne pas avoir à faire de déclaration fiscale. Son avocat, lui, fustige le rôle de bouc émissaire de sa cliente, malgré les services rendus aux autorités françaises. « Ses activités, certains services publics savaient très bien les utiliser pour quelques roitelets de passage ou quelques présidents étrangers

5. Document inédit rédigé par le procureur de la République le 15 décembre 1975, archives départementales de Lot-et-Garonne.

à la recherche de relations aimables[6] », dit-il à la cour. Le jeudi 15 avril 1976, Fernande Grudet est condamnée à un an de prison avec sursis et douze mille francs d'amende par la onzième chambre correctionnelle.

Cette condamnation vient s'ajouter à celle du 27 juin 1975 prononcée par la même chambre, qui la déclarait déjà coupable de fraude fiscale et de tenue irrégulière de comptabilité pour la période allant de 1964 à 1967. Elle la condamnait alors à dix mois d'emprisonnement avec sursis et dix mille francs d'amende, lui interdisait d'exercer toute profession industrielle et commerciale pendant cinq ans, et lui retirait son permis de conduire.

En lisant le compte rendu d'audience contenu dans le dossier versé aux archives départementales de Lot-et-Garonne, je découvre les explications avancées par la proxénète pour tenter de se dédouaner. Elle prétend avoir remis les chèques des clients à la banque et retiré en espèces les créances dues à ses call-girls. En réalité, les filles étaient rémunérées avec des fonds reçus en espèces, et Madame Claude ne conservait que son bénéfice.

---

6. Bruno Dethomas, « Mme Claude poursuivie pour fraude fiscale. Les malheurs de Fernande », *Le Monde*, 21 et 22 mars 1976.

Elle fait valoir un autre argument, plus personnel cette fois. « […] Dans le seul but de moraliser le débat, la dame GRUDET soutient sans apporter aucune justification qu'est comprise dans les sommes inventoriées une pension alimentaire mensuelle de 20 000 francs versée par le père de sa fille, dont elle a, par ailleurs, écrit qu'il était décédé pendant la guerre de 39-45[7] », est-il inscrit dans ce document qui établit la « mauvaise foi de la prévenue[8] ».

Trois condamnations en correctionnelle, trente-deux mille francs d'amende : Madame Claude accuse le coup, mais ce n'est rien à côté des onze millions de francs que les impôts lui réclament. Le trésorier principal du VIIIe arrondissement et celui du XVIe attendent respectivement 4 479 962 et 7 106 770 francs pour effacer la dette fiscale.

Elle ne semble pas inquiète, sans doute chamboulée par l'histoire sentimentale qu'elle vit à ce moment-là. C'est ce que m'apprend Catherine, dans un café d'une banlieue chic des Hauts-de-Seine. La septuagénaire, bon pied bon œil, recueille aujourd'hui

7. Document inédit issu du dossier judiciaire de la cour d'appel d'Agen versé aux archives départementales de Lot-et-Garonne.
8. *Ibid.*

des chats abandonnés qu'elle place dans de nouvelles familles. « Elle a eu un coup de cœur et, à mon avis, elle a dû avoir des relations sexuelles avec lui. Elle était raide dingue du mec, elle lui faisait des scènes et tout. Elle lui avait acheté un restaurant, avenue de Suffren, où elle l'avait collé directeur. Et je crois qu'elle a mis des biens à son nom aux Nouvelles-Hébrides aussi. En fait, c'était le petit ami d'une fille qui travaillait pour elle. Un homme assez beau, bien plus jeune qu'elle, évidemment. Je ne me souviens plus de son prénom ni de celui de la fille[9] », explique-t-elle, fière de sa révélation.

En travaillant à ses côtés, en l'assistant au quotidien pendant deux ans, Catherine gagne la confiance de Madame Claude et, au milieu des années 1970, elle voit sa personnalité changer. C'est à son désir soudain de reconnaissance qu'elle attribue le déclenchement de ses ennuis. En cause, le film *Madame Claude*[10], réalisé par Just Jaeckin, le metteur en scène d'*Emmanuelle*, et incarné par la comédienne Françoise Fabian. Un long métrage dans lequel un inspecteur de police, son protecteur, et peut-être son amant, la sauve de la mort. « Comment on peut faire un truc pareil quand le business conti-

9. Entretien avec l'auteur, mai 2022.
10. Film sorti au cinéma le 11 mai 1977.

nue ? On ne peut pas étaler au grand jour qu'une maquerelle, même si le terme n'est pas adapté, je trouve, mais bon, ils appellent quand même ça une maquerelle, soit à tu et à toi avec un grand flic chargé du proxénétisme. Faut être con, parce que c'est évident qu'ils ne pouvaient pas laisser passer ça. C'est débile, ce qu'elle a fait. Elle s'est coupé elle-même l'herbe qu'elle avait sous le pied[11] », s'agace Catherine, qui a été poursuivie et condamnée, deux ans après le départ de Madame Claude, à six mois d'emprisonnement avec sursis et cent mille francs d'amende.

Entre-temps, tout s'accélère. L'étau judiciaire se resserre. Le 21 mai 1977, dix jours seulement après la sortie du film, une réquisition d'incarcération est signée par le parquet de Paris. Si elle ne s'acquitte pas de sa dette fiscale, Madame Claude pourrait être emprisonnée. Pour elle, il est inconcevable de payer cette somme astronomique et de fermer boutique. Catherine reprend le réseau, à la condition fixée par sa fondatrice de lui reverser la moitié des bénéfices. Madame Claude, elle, va fuir. De l'autre côté de l'Atlantique. Direction Los Angeles.

11. Entretien avec l'auteur, mai 2022.

11.

Étrangère indésirable en Amérique

L'été 1977 n'a que trois jours quand, déjà, une chaleur terrible venue des brûlants déserts de l'Est se répand sur Los Angeles. Elle rend l'atmosphère de la ville étouffante. Installée dans le bar d'un bel hôtel, Madame Claude cherche la fraîcheur. De larges lunettes de soleil dissimulent son regard humide, ses yeux rougis par la tristesse d'avoir dû quitter la ville dont elle était devenue l'impératrice du charme et du sexe. Tout est à refaire ici. Il lui faut maintenant faire abstraction du passé, se réinventer, trouver une nouvelle manière d'exister, elle qui a toujours modelé des beautés pour les mettre en relation avec des hommes argentés. Quel peut être son avenir dans un pays dont elle ne maîtrise ni la langue ni les codes ? La moindre pensée positive est neutralisée par des aigreurs enkystées dans son esprit. Elle en veut à Valéry Giscard d'Estaing, le grand argentier devenu président, qu'elle imagine responsable de ses ennuis, à l'administration française qu'elle a servie et qui a la mémoire courte, à tous ces hommes politiques qui ont été ses clients et qui n'ont pas bougé le petit doigt lorsque le vent a tourné. Elle fustige ces policiers qu'elle a renseignés pendant quinze ans et qui ont eu l'ingratitude d'oublier les enveloppes qu'elle pouvait distribuer. Et les services secrets français qu'elle a alimentés en informations de première main.

À la table voisine, trois trentenaires discutent. Elles refont le monde avec de grands gestes, s'apostrophent et s'écoutent. Madame Claude ne cherche pas à comprendre leur conversation. Elle les observe physiquement, traque les imperfections derrière les vêtements amples, scanne les premières marques du temps qui viennent gâcher la plénitude de la jeunesse. Quelque temps plus tôt, elle aurait osé interpeller la plus grande d'entre elles. Elle lui aurait expliqué qu'elle pouvait rendre son quotidien plus agréable en organisant des rencontres charmantes. Elle n'aurait pas eu peur de lui promettre monts et merveilles pour capter son attention et l'attirer dans son giron. Ça, c'était la vie parisienne.

Avant de s'établir à Los Angeles, Madame Claude a eu l'idée de s'associer avec le gérant d'une discothèque en région parisienne pour monter deux affaires outre-Atlantique. Ils veulent exporter un savoir-faire français. En discutant un soir en boîte de nuit, Gérard, jeune pâtissier de vingt-cinq ans, a vent du projet. « Tu ne veux pas travailler pour Madame Claude aux États-Unis ? » lui demande-t-on.

Quelques mois plus tard, il s'affaire à l'arrière d'une boutique de La Cienega Boulevard. La nuit est encore noire. Il mélange du beurre et du sucre glace, en remplit une poche munie d'une douille cannelée, et vient décorer de cette crème blanche la jonction entre deux choux et le sommet des religieuses au chocolat. Il ne lui reste que peu de temps pour poudrer les millefeuilles, garnir les puits d'amour, et poser le glaçage des éclairs au café qui viendront orner les vitrines des deux points de vente, La Cienega Boulevard et Melrose Avenue. À 7 heures du matin, Madame Claude débarque. Elle n'a rien changé à ses habitudes. Couchée très tôt, levée très tôt. Elle ressent le besoin de se confier. Les relations avec son associé se tendent. Elle a le sentiment de se faire flouer, de ne pas voir la couleur des bénéfices. « Gérard, j'ai une idée. On va travailler tous les deux seulement.

J'ai repéré un local à Pacific Palisades, un quartier huppé. On ouvre ensemble une boulangerie et un salon de thé. » Elle se montre si déterminée que le jeune homme n'a pas vraiment le choix. Comment pourrait-il refuser l'offre de cette femme qui paraît sûre d'elle ? L'autorité naturelle de Madame Claude et son charisme emportent tout. Le voilà embarqué dans cette aventure. Elle l'héberge même dans un petit logement situé dans le jardin de la grande maison qu'elle occupe au numéro 8933 de Dorrington Avenue, un quartier résidentiel très chic. Cette aide matérielle autorise Madame Claude à solliciter un service en retour. « Un jour, elle m'a dit : "Faudrait que j'aille dans le centre !" Je lui ai proposé de la conduire en lui demandant : "On va où, exactement ?" Elle m'a répondu, furieuse : "Quand on ne sait pas, on ne se propose pas." Je me souviens qu'elle avait une grosse voiture jaune avec le toit marron, une Ford Thunderbird. Elle ne voulait pas prendre le volant, parce que ce n'était pas pratique[1] », me raconte Gérard.

Le jeune homme s'habitue à voir celle avec qui il est associé s'enfermer dans sa chambre devant la télévision avec un plateau-repas. « Elle ne sortait pas beaucoup. Elle recevait peu. Elle n'avait pas vrai-

1. Entretien avec l'auteur, avril 2021.

ment de vie personnelle. Elle avait une hygiène de vie très stricte, pas d'alcool, pas de tabac. Comme une religieuse. Elle n'était pas en harmonie complète avec la vie californienne. Elle faisait sentir qu'elle avait de l'argent, et cela n'était pas forcément très bien vu. Je me souviens qu'elle avait l'habitude de payer avec des espèces et, aux États-Unis, c'était un peu louche[2] », poursuit le pâtissier, aujourd'hui retraité dans le sud de la France.

Dans le four, la cuisson des viennoiseries s'achève. Gérard les surveille comme le lait sur le feu. À quelques minutes près, leur jolie couleur dorée peut virer au brun, les rendant invendables. Son emploi du temps avant l'ouverture de la boutique obéit à une chorégraphie rodée, dont il faut exécuter chaque pas dans les règles. La pâtisserie exige de la précision. Il sait parfaitement ce qu'il a à faire. Madame Claude ne maîtrise rien dans ce domaine. « Le monde est dirigé par la bouffe et par le sexe. Je n'étais pas douée pour la cuisine », a-t-elle souvent répété dans les interviews. C'est pourtant plus fort qu'elle. Elle ne peut s'empêcher de donner des ordres à son pâtissier. « Elle montait vite dans les tours, elle avait un côté adjudant-chef. Elle était toujours dans le rapport de forces. Ça s'est mal terminé entre

2. *Ibid.*

nous. Je n'avais pas envie d'être dominé, mais je ne faisais pas le poids face à elle. Au bout de quelques mois, elle a commencé à s'imposer. Elle était assez raide. Je travaillais presque jour et nuit. Et, à un moment, je me suis dit : "Je ne vais pas faire le tapin pour elle[3]" », dévoile Gérard, sans amertume.

Ce premier orage en annonce un autre plus violent. À vrai dire, Madame Claude cherche à s'occuper. L'argent qu'elle a amassé pendant des années laisse le temps de voir venir. Et, à neuf mille kilomètres de là, son réseau, repris par son ancienne adjointe, continue de lui rapporter. Chaque mois, Catherine reçoit la visite de Reine, la femme de ménage de Madame Claude restée à Paris. Le rendez-vous ne dure pas, juste le temps de récupérer une enveloppe contenant la moitié des bénéfices mensuels perçus par la remplaçante. « Vous auriez vu la tronche, avec un œil qui dit merde à l'autre. C'est sûr qu'elle était insoupçonnable, cette femme. Après, je ne sais pas comment elle se démerdait pour transférer l'argent. Je n'ai jamais eu les détails[4] », me précise celle qui a pris la suite de Madame Claude. Ce n'est pas la seule enveloppe que prépare Catherine, car elle a reçu pour consigne de verser

3. *Ibid.*
4. Entretien avec l'auteur, mai 2022.

une somme à Jacques, un officier de police d'une brigade territoriale qui a la réputation d'entretenir des liens étroits avec les voyous. Un flic à l'ancienne, inculpé en 1971 de coups et blessures volontaires portés sur des prévenus, deux ans plus tôt. « Claude était une vraie mythomane et cela lui a servi. Les truands n'ont jamais essayé de nous taxer. Quand elle était pute, elle a connu des voyous et, après, elle a joué là-dessus. Elle a fait croire à tout le monde qu'elle avait des protections, y compris à moi. Quand elle m'a cédé le bébé, elle me faisait quand même donner de l'argent à un flic ; en fait, ça allait dans la poche de celui-ci[5] », m'explique Catherine, qui ne tardera pas à le comprendre.

Au deuxième étage du 36, quai des Orfèvres, Jean Debuire, jeune inspecteur, échange avec le commissaire André Solères, le nouveau patron de la Mondaine, renommée Brigade des stupéfiants et du proxénétisme. Il admire cet intellectuel titulaire d'une licence de philosophie, lisant le grec et le latin.

« Vous êtes sûr, Debuire, que l'on peut faire tomber le réseau de Madame Claude ?

– Si on n'est pas capable, nous, brigade centrale, de s'attaquer à l'Everest, alors on sert à quoi ? »

5. *Ibid.*

réplique aussitôt l'inspecteur du groupe des réseaux clandestins.

« C'était un sujet tabou, à la Mondaine. Dans son dossier, il n'y avait pas une photographie d'elle et, sur sa fiche, son nom n'était même pas inscrit. On pouvait lire simplement F. pour Fernande et G----- pour Grudet. Rien de plus. Madame Claude avait une grande notoriété, et on ne bougeait pas parce qu'elle laissait entendre qu'elle tenait tout le monde par la barbichette. Il ne faut pas se leurrer, elle avait été protégée à un haut niveau. Il lui avait fallu une protection policière pour pouvoir prospérer. Elle a fait monter la mayonnaise au point qu'on la pensait intouchable[6] », me confie Jean Debuire.

À l'époque, il conserve dans un tiroir de son bureau une déclaration par procès-verbal d'un client qui s'étonne de voir tomber une proxénète sans importance, alors que le réseau de Madame Claude, dont il utilise aussi les services, prospère. « Il m'avait dit que ça coûtait bien plus cher chez Claude. Il trouvait que l'on ne faisait rien[7] », se souvient Jean Debuire, qui veut réaliser un flagrant délit pour établir la prostitution et les relations des uns et des autres, c'est-à-dire le proxénétisme.

6. Entretien avec l'auteur, octobre 2021.
7. *Ibid.*

« Les avocats ne supportent pas ça, car les faits sont établis. Ils ne peuvent plus plaider que les circonstances atténuantes ou les vices de forme. Solères m'a dit : "On va mouiller le Parquet en demandant l'ouverture d'une information judiciaire." La justice prenait le pas, ça nous couvrait[8] », me détaille-t-il. Jean-Louis Bruguière est désigné comme magistrat instructeur. Il saisit la Brigade des stupéfiants et du proxénétisme, et délivre une commission rogatoire contre X du chef de proxénétisme aggravé.

Madame Claude, en fuite aux États-Unis, est difficilement atteignable, mais Catherine est à portée de main. Dans le petit bureau des réseaux clandestins, la traque se met en place. L'inspecteur monte l'opération. Trois ou quatre prostituées du réseau sont mises sous surveillance. Les policiers planquent et, lorsque l'ordre est donné, ils arrêtent les clients et les filles, qui confirment la prostitution et permettent de remonter jusqu'à la proxénète. À la mi-décembre 1977, Catherine est inculpée de proxénétisme. Elle passe sa première nuit à la prison de Fleury-Mérogis. Madame Claude, qui lui avait promis assistance en cas de problème, est aux abonnés absents. Elle n'honorera jamais sa parole. En revanche, Catherine refuse de renseigner les poli-

8. *Ibid.*

ciers sur le fonctionnement de son affaire et sur celle dont elle a pris la suite. « Moi, je me suis moquée de Debuire. Ça, il a dû l'avoir là, hein, parce que, en fait, quand j'ai été arrêtée, j'avais pris la précaution de faire de faux carnets, très visibles dans ma mallette. Et les vrais, ils étaient dans mes bottes. Donc je suis partie en prison avec les bons carnets. Les policiers étaient furieux, parce qu'ils n'avaient pas les bonnes adresses et les bons numéros de téléphone. Par contre, ils ont eu les renseignements par les filles, tellement elles ont eu les chocottes d'être interrogées par la police. Les gens, ils ont peur de la police, c'est fou. Le mot "police" peut impressionner ; moi, ça ne m'impressionne pas[9] », m'explique-t-elle.

Dans un coffre que Catherine possède à la banque Rothschild, avenue George-V, à Paris, les policiers découvrent des clichés qui se révèlent encombrants. Les photographies prises en Afrique sont sages. Catherine pose en compagnie d'un ami. Mais ce qui l'est moins, c'est l'identité de celui-ci. Il s'agit de Valéry Giscard d'Estaing, alors ministre des Finances de Georges Pompidou, lors d'un safari au Kenya, deux ans avant son élection à l'Élysée. Il faut attendre

9. Entretien avec l'auteur, mai 2022.

la découverte de nouveaux clichés embarrassants par un policier de la Mondaine, en décembre 1979, suivie d'un nouvel emprisonnement de Catherine, puis de sa libération deux mois plus tard, pour que *Le Canard enchaîné* évoque cette troublante affaire. Claude Angeli mentionne une « haute personnalité de l'État giscardien[10] », sans donner son nom, et sans dire un mot sur les relations entre la proxénète et l'homme politique. « Giscard et moi n'étions pas du tout dans le cadre d'une relation commerciale[11] », dira Catherine des années plus tard, en précisant qu'ils avaient des amis communs.

Le domicile de Madame Claude est également perquisitionné. Sa femme de ménage voit débarquer les policiers dans l'appartement situé au troisième étage gauche du 5, rue Saint-Louis-en-l'Île. Il ne leur faudra que quelques minutes pour trouver les trois combinaisons simples qui ouvrent le coffre-fort. À l'intérieur, de l'argent, mais pas de documents compromettants. L'inspecteur Debuire pousse ses investigations hors des frontières françaises et part sur les traces de Madame Claude en

10. Claude Angeli, « Les photos-souvenirs de l'héritière de Mme Claude », *Le Canard enchaîné*, 30 avril 1980.
11. Christophe Deloire et Christophe Dubois, *Sexus politicus*, J'ai lu, 2014, p. 151.

Suisse. « Je me suis rendu à Genève sur commission rogatoire. Elle avait un bel appartement rue Albert-Gos, et une voiture amphibie garée sur le parking. C'est assez courant à Genève, les propriétaires de ces véhicules les utilisent pour traverser le lac. Par mes collègues suisses, j'ai réussi à obtenir une photographie de Madame Claude issue de ses papiers d'identité. Ce qui nous manquait[12]. »

Le policier se heurte toutefois au secret bancaire et fiscal. La preuve de cette distance entre les deux polices tient dans un télégramme expédié par Interpol Suisse. Ce bureau central national de l'organisation internationale de police criminelle s'adresse à Interpol Paris, le 19 décembre 1978. « La police cantonale à Genève communique : – Grudet Fernande, née le 6/7/23 à Angers, est mariée avec le nommé : Tolmatschew (et non pas Tolmatscheff) Roland. [...] Actuellement, dame Tolmatschew-Grudet est titulaire du passeport n° 2.228.629, délivré le 22/12/72 par chancellerie de Genève. A été prolongé à Genève le 18/7/78 jusqu'au 18/7/83. Elle donne comme adresse à Genève, 18, chemin de Drize à Troinex, chez son mari. Avons pas contacté le couple, vu que le mari se trouve présentement à l'étranger (aux Amériques)

12. Entretien avec l'auteur, octobre 2021.

jusqu'au mois de mars 1979. Il semblerait que la mère de Tolmatschew ignore le second mariage de son fils[13] », indique le document. Madame Claude voyage avec un passeport suisse, qui la protège en quelque sorte. L'inspecteur Debuire finira par savoir qu'elle effectue régulièrement des voyages à Genève, où elle ne risque pas d'être inquiétée, et il se met même à imaginer un scénario fou pour la conduire en prison. « J'avais proposé de déclencher une alerte à la bombe quand l'avion serait au-dessus de la France. Une fois l'appareil posé sur notre sol, on aurait pu l'arrêter, car il y avait un mandat d'amener. Mon patron m'a dit : "Non, Debuire, on ne peut pas faire ça[14] !" » témoigne celui qui a passé quatorze années à la Mondaine, et est devenu commissaire en 1984. Ce mandat d'amener, délivré par le juge Jean-Louis Bruguière le 29 mars 1978, précise que Madame Claude est « susceptible de circuler aux États-Unis et notamment à Los Angeles », et qu'elle est poursuivie pour « proxénétisme hôtelier ».

« Ils ne m'ont pas fait rechercher, ils ont laissé un mandat vaguement comme ça. Ils ont quand

13. Télégramme n° IP 100791/NL – 21799 du 19 décembre 1978. Expéditeur : Interpol Suisse. Destinataire : Interpol Paris bureau central national.

14. Entretien avec l'auteur, octobre 2021.

même demandé aux États-Unis. Les États-Unis ont répondu : "Allez vous faire cuire un œuf au plat !" Donc c'est resté comme ça, et puis, étant donné que j'avais une énorme couverture, pendant longtemps, ils n'ont pas trop cherché[15] », racontera Madame Claude à une amie bien des années plus tard.

Jean Debuire va faire passer le mandat d'amener à un agent de la CIA, l'agence centrale américaine de renseignement, basé en Europe, qu'il rencontre au cours de son enquête. Il souhaite que les autorités américaines aient connaissance des charges qui pèsent sur elle en France, laissant entendre qu'elles auraient aidé la proxénète dans sa fuite en l'accueillant. Impossible à vérifier. Et n'était-il pas plus confortable pour la police française et le pouvoir en place de savoir Madame Claude loin de l'Hexagone, évitant ainsi un grand déballage sur l'implication de personnalités politiques ?

À Los Angeles, la pâtisserie de Madame Claude n'a pas résisté au départ de celui qui fabriquait les gâteaux. Gérard a jeté l'éponge, et est rentré en France. Le restaurant de cuisine française Le Canard, dans lequel elle avait investi de l'argent, dans la

15. Propos de Madame Claude enregistrés par le répondeur de Danielle Mourthé en 1997.

vallée de San Fernando, n'a pas tenu non plus. Et la galerie d'art qu'elle avait en partie financée a connu le même sort. À chaque fois, son caractère autoritaire et ses humeurs changeantes étaient en cause. Maïté, qui a longtemps travaillé pour elle, en a fait l'expérience à Los Angeles.

La Porsche blanche de Madame Claude roule à vive allure en direction de San Francisco. La Highway 1, qui longe les côtes californiennes sur des centaines de kilomètres, offre d'incroyables points de vue sur l'océan Pacifique. Le temps est dégagé, la lumière est belle, et cela n'est pas sans incidence sur l'ambiance très détendue. Les deux femmes profitent du paysage et se remémorent les bons souvenirs, les voyages, les clients, et cette phrase prononcée le jour de son recrutement qui résonne encore dans la tête de Maïté : « Toi, je ne te laisserai jamais tomber. » Au fil des années, la complicité et l'affection ont noué entre elles un lien que Claude n'a jamais créé avec sa propre fille.

« Pourquoi tu ne viendrais pas vivre ici avec moi ? » l'interroge Claude.

« On ne s'entendra pas », lui répond Maïté, consciente du caractère éruptif de celle qu'elle a pratiquée pendant des années.

Elle se laissera toutefois convaincre de visiter une demeure à Doheny, entre Beverly Hills et West

Hollywood. « C'est vrai qu'elle était bien, je me sentais bien dans cette maison, elle avait une âme. Et puis, le lendemain, elle a piqué une crise : "Je n'ai jamais été te chercher. Qu'est-ce que tu viens m'emmerder !" Vous l'auriez tuée, là, quand elle était comme ça, épouvantable, méchante. Tu te doutes bien que je suis partie de Los Angeles, je ne suis jamais revenue, je l'ai plantée avec la maison. Oh, là, là, elle était folle de rage[16] », m'explique Maïté.

En réalité, l'ancienne call-girl s'établira une année dans la cité californienne, sans vivre sous le même toit. Avec Madame Claude, elle partage tout de même des déjeuners et des dîners dans des restaurants huppés de la ville. Ma Maison, tenu par un chef français, est l'une de ses adresses favorites. Elle a son rond de serviette dans cet établissement de Melrose Avenue, où ses voisins de table peuvent être Kirk Douglas, Zaza Gabor, ou encore Orson Welles. On la croise aussi au Dôme, un restaurant branché ouvert par un Belge, et sponsorisé par des grands noms de la musique, parmi lesquels Elton John, Rod Stewart, Ringo Starr, ou encore Olivia Newton-John. Eddie Kerkhofs, son fondateur, possède également la Rose Tattoo, montée

16. Entretien avec l'auteur, mars 2021.

avec un associé français gay, qui a su capter la clientèle homosexuelle. « C'était un restaurant de grande classe à West Hollywood. Et Madame Claude était une femme très, très classe, qui était aimée des jeunes homosexuels. Elle était comme une petite reine, la reine des abeilles. Vous savez, elle prenait l'addition et elle payait. Nous avons bien pris soin d'elle parce qu'elle semblait avoir de l'argent à dépenser[17] », témoigne Eddie Kerkhofs, qui est devenu ami avec la célèbre proxénète française. À cet homme en qui elle a confiance, elle ose faire part de ses préoccupations. « Elle se cachait, probablement du gouvernement français, dans un endroit appelé Big Bear, à environ deux heures de route de Hollywood. Elle avait acheté une petite ferme tout en haut des montagnes, dans une station de ski. Elle y a vécu quatre ans. Et, de temps en temps, elle pouvait se faufiler à Los Angeles et venir nous voir. » La version avancée par le restaurateur n'est peut-être pas la bonne. Si Madame Claude possède bien une maison dans cet endroit plus retiré, c'est sans doute pour échapper au contrôle des autorités américaines. Pour pouvoir rester aux États-Unis, Madame Claude a besoin de se mettre en règle. Eddie Kerkhofs servira d'intermédiaire.

17. Propos recueillis par Adeleen Rosner, avril 2020.

« J'avais un barman gay qui travaillait pour moi et qui s'appelait William, mais que l'on appelait par son diminutif Bill. Je lui ai demandé s'il était intéressé d'aider quelqu'un à se marier pour obtenir ses papiers, ce qui était très courant à l'époque. C'est plus difficile aujourd'hui. Alors, nous avons fait les arrangements, et elle s'est mariée avec ce garçon bien plus jeune qu'elle[18]. »

Le lundi 28 septembre 1981, à l'Imperial Palace Wedding Chapel de Las Vegas, Fernande Grudet, comme le précise le certificat de mariage, s'avance au bras de William Charles Cook Junior, un grand brun d'une trentaine d'années. À cinquante-huit ans, pour la deuxième et dernière union de sa vie, il n'y a guère plus de sentiments que la première fois à Londres. Un pasteur de l'Église du Christ, le temple du kitsch, joue le garant de la morale dans la ville du vice et du péché, plantée en plein désert du Nevada. Ici, rien n'est impossible. Ici, tout s'achète. Les mariages sont célébrés à la chaîne. Madame Claude finance la cérémonie et rétribue le mari pour service rendu. C'est le prix à payer pour tenter d'obtenir la *green card*, qui lui permettra de rester vivre aux États-Unis. En dix minutes à peine, après avoir été Fernande Grudet, Madame Claude,

18. Propos recueillis par Adeleen Resner, avril 2020.

Claude Tolmatschew, elle devient Claude Cook. Une quatrième identité pour cette femme passée maître dans l'art de la dissimulation. Elle n'éprouve aucune joie, si ce n'est celle d'avoir accompli une formalité administrative. Les nouveaux mariés prennent tout juste le temps de se promener sur le Strip, la célèbre avenue de près de sept kilomètres, saturée de casinos, de bars, de salles de spectacle, de clubs de strip-tease et de décors baroques. Ils rentrent à Los Angeles, où une fête est donnée à la Rose Tattoo, seule concession aux usages imposés par une noce.

Ce mariage blanc ne règle pas les problèmes ; au contraire, il éveille les soupçons. Madame Claude est déclarée « étrangère indésirable en Amérique » pour polygamie, prostitution et escroquerie. Le signalement du juge Bruguière et les informations communiquées par l'inspecteur Debuire ont sans doute pesé. Elle veut éviter l'expulsion. Dès lors, en 1985, elle quitte le sol américain. Elle ne reverra pas son jeune époux américain, emporté par la maladie huit ans après leur union. Elle revient en France, persuadée que le temps a fait son œuvre.

12.

Maison close

Malgré un léger état fiévreux et une évidente fatigue, symptômes d'un rhume, Claude s'agite dans sa maison de Cajarc, huit mois après son discret retour dans une France qui a confié son destin, quatre ans plus tôt, à François Mitterrand. Elle met de l'ordre dans son dressing. Elle replie les pulls en cachemire et les place dans des boîtes hermétiques qui éviteront les trous causés par les mites. Elle enferme dans des housses les vestes qu'elle vient de récupérer chez le teinturier. Elle cire et lustre les dizaines de paires de chaussures, puis remet les embauchoirs qui les empêchent de se déformer. La grande demeure achetée au milieu des années 1970 sous un prête-nom a été revendue. Dans le même hameau de Gaillac, à quatre kilomètres du bourg, elle a fait de la maison du métayer un cocon meublé avec goût, une bonbonnière élégante dans laquelle elle se sent bien. Ce dernier jour de l'année 1985, les thermostats des radiateurs sont poussés à fond pour chasser les frimas d'un rude hiver lotois. À la radio, le présentateur du journal de 7 heures évoque les suites de l'assassinat du mari de la jockey Darie Boutboul, l'arrestation de l'épouse de Nelson Mandela en Afrique du Sud, et la sortie au cinéma du film de Coline Serreau, *Trois hommes et un couffin*. Cette voix, qu'elle écoute d'une oreille distraite, rompt le pesant silence de la campagne environnante. Aucune voiture n'a vocation à venir s'aventurer sur cette route qui conduit à un pigeonnier au milieu d'un champ dont elle est aussi propriétaire.

Ce soir, elle dînera en ville, chez son amie Yvette Barran, qui a proposé de réunir un petit comité pour le passage à la nouvelle année. Elle sait que ce réveillon sera élégant et bon enfant. En attendant, elle craint de manquer de temps pour remettre en ordre ce lieu qu'elle a déserté de longues années. Depuis son retour de Los Angeles, elle en a fait sa résidence, une sorte de sas avant de retrouver l'agitation parisienne, et une nouvelle idée d'activité. À soixante-deux ans, elle n'a nullement l'intention de mener une vie rangée de grand-mère, de remplir des grilles de mots croisés au coin du feu, de faire des confitures et du tricot.

Alors que Madame Claude est descendue faire des courses en ville, une connaissance s'est étonnée de la voir de retour. Elle lui a répondu haut et fort, dans la file des clients de la boucherie Laguarrigue : « Je suis passée par le Quai d'Orsay, et ce ne sont pas les petits gendarmes de Cajarc avec leurs gros sabots de bois qui vont me faire des problèmes[1]. » Les propos ont évidemment été rapportés au chef de brigade de la gendarmerie locale, qui a fait remonter l'information au capitaine Alix, à Figeac.

Ce 31 décembre 1985, ils sont sept gendarmes mobilisés pour l'opération. Plusieurs d'entre eux surveillent au loin les mouvements autour de la maison. Rien ne doit alerter l'ancienne proxénète du dispositif qui se trame. Ils ont pour mission de s'assurer qu'elle est bien seule, afin d'éviter toute agitation. À 15 heures, le signal est donné. Le capitaine Alix, qui fait office de chef d'escorte, frappe à la porte. À la vue du képi et de l'uniforme des militaires, Madame Claude blêmit. En une poignée de secondes, elle comprend ce qui l'attend. « Bonjour madame Grudet, nous avons deux réquisitions d'incarcération vous concernant, délivrées par le parquet

1. Propos de Madame Claude rapportés par Béatrice Cazottes, la fille du chef de brigade de la gendarmerie de Cajarc, entretien avec l'auteur, avril 2021.

de Paris le 20 septembre 1982, chacune d'une durée d'un an. Suite à vos condamnations pécuniaires, l'administration fiscale a demandé la contrainte par corps à titre de voie de recouvrement. »

Le mandat d'arrêt ne lui laisse aucune échappatoire. Sa dette fiscale s'élève toujours à plus de onze millions de francs, dont elle n'a pas versé le moindre centime.

« Nous vous laissons rassembler quelques affaires, nous allons vous conduire à la maison d'arrêt de Cahors », poursuit le gendarme. Soufflée par cette décision, qu'elle pensait prescrite après toutes ces années passées aux États-Unis, Madame Claude ne manifeste aucune opposition. Elle sait que cela ne servirait à rien. Elle qui n'a pas l'habitude de recevoir des ordres, mais plutôt d'en donner, saisit un grand sac, y glisse des vêtements chauds, décommande le dîner du soir sans livrer beaucoup de détails à son interlocutrice, éteint toutes les lampes, enfile son vison et monte à l'arrière du véhicule.

La nuit noire empêche d'admirer le paysage pendant l'heure de trajet entre Cajarc et Cahors. Madame Claude se tient droite et parle d'elle. « Elle n'était pas soumise ou craintive, elle était fière. Il y avait beaucoup d'orgueil chez elle[2] », me

2. Entretien avec l'auteur, avril 2021.

rapporte Béatrice Cazottes, la fille du chef de la brigade de gendarmerie de Cajarc décédé en 2015, la même année que celle qu'il avait arrêtée trente ans plus tôt. « Mon père était fier d'avoir participé à cette mission et d'avoir été confronté à Madame Claude. Ce n'était pas rien, quand même, d'arrêter une personnalité comme elle. Pour lui, c'était un honneur aussi. Avant qu'il ne reparte ce jour-là, elle lui avait dit : "Peut-être que l'on ne se reverra pas, mais j'ai l'intuition que l'on se retrouvera." Cette femme avait un caractère de fou. Elle était forte. Elle était puissante[3] », me raconte-t-elle au téléphone.

En arrivant devant la prison, cet ancien palais de Via d'époque médiévale devenu château du roi au XVIIe siècle, Madame Claude tient à sonner elle-même à la porte. Les gendarmes l'escortent jusqu'au bureau du greffe, à droite en entrant. Leur mission est terminée. Elle est maintenant entre les mains de l'administration pénitentiaire. Un surveillant récupère son argent et sa gourmette Cartier, puis les met au coffre. Elle sera exceptionnellement autorisée à conserver son vison dans cet environnement ouvert à tous les courants d'air. Dans un local attenant, une femme lui demande de se dénuder pour procéder à la fouille. Ce sont les sœurs de Notre-Dame du Calvaire

3. *Ibid.*

et l'épouse du directeur de l'établissement qui font office de surveillantes pour la huitaine de femmes détenues ici. Elles vivent en régime de semi-liberté, les portes de leur cellule sont ouvertes en permanence.

« Grudet épouse Cook Fernande Joséphine, surnom Madame Claude, née le 06.07.23 à Angers, nationalité suisse, sans religion, sans profession, licenciée ès lettres, mariée, sans domicile fixe en France, dettier, fraudes fiscales, durée de la peine fixée à un an[4] », sont les principales mentions qui figurent sur sa fiche d'écrou avec l'empreinte de son index gauche passé sur un tampon encreur. Écrouée à 18 h 35, elle porte le numéro 4336. C'est la seule trace du passage carcéral de Madame Claude, conservée par les archives départementales du Lot.

« Concernant votre demande de dossier pénal détenu par la prison, malheureusement nous ne conservons pas ces dossiers qui ont fait l'objet d'une élimination comme le permettait la circulaire AD94-9 relative aux archives des juridictions », m'écrit en septembre 2020 l'adjointe au directeur de ces mêmes archives. J'ai l'intuition qu'il existe autre chose. Je vais en avoir la confirmation quelques mois plus tard en accédant à un dossier rempli d'infor-

---

4. Éléments tirés de la fiche d'écrou de Fernande Grudet conservée aux archives départementales du Lot.

mations inédites sur son premier passage en prison à la maison d'arrêt de Cahors.

J'ai le droit de prendre des notes, mais pas de photographies. Je passerai une heure et demie à dénicher de nouveaux secrets bien gardés, à commencer par sa fiche pénale qui indique « une taille d'un mètre soixante, une corpulence moyenne, des yeux de couleur marron, des cheveux gris teints blonds et des cicatrices sur le crâne, le dos et le bassin ». Ces stigmates sur son corps sont les traces laissées par les nombreuses opérations de chirurgie esthétique qu'elle a subies, un premier lifting à trente-sept ans et un autre à cinquante-quatre, pour repousser les assauts du vieillissement.

Le 31 décembre 1985, Madame Claude passe donc sa première nuit dans une maison vraiment close. Une nuit de la Saint-Sylvestre, une humiliation de plus. Elle est d'emblée marquée par les odeurs de nourriture qui coupent l'appétit, les bruits des clés et des portes qui claquent, les voix masculines qui s'interpellent et les postes de télévision qui hurlent tout autant. Dans la cour d'honneur, une mosaïque en forme d'étoile signale l'emplacement de la guillotine, lorsque la peine de mort était encore en vigueur. C'est un passage obligé pour accéder au quartier des femmes.

La chute est vertigineuse. Elle dessine sur le visage de Madame Claude un masque de haine rentrée. Comment a-t-elle pu se faire prendre de cette manière, elle qui a toujours échappé au pire ? Pourquoi son avocat lui a-t-il assuré que ses peines pour dettes fiscales étaient prescrites, et qu'elle ne risquait rien ? Devra-t-elle réellement passer un an en prison ? En entrant dans la cellule partagée avec ses codétenues, elle les salue à peine. Elle n'a pas envie de leur parler. Elle souhaite juste essayer de dormir, s'extirper de ce mauvais film qui dure depuis le milieu de l'après-midi.

Dans ce petit établissement pénitentiaire, les faits et gestes de cette détenue particulière vont être placés sous surveillance. Je l'apprends en lisant tous les documents amassés dans le dossier cartonné et archivé. Je découvre que, très régulièrement, l'adjoint du directeur régional de l'administration pénitentiaire informe les services centraux à Paris.

« Madame Claude ne pose aucun problème, elle se plaint simplement de la gendarmerie qui l'a arrêtée un soir de réveillon. Une cantine de produits diététiques lui a été accordée. Madame Claude va être mise avec une détenue de niveau intellectuel supérieur, étant donné qu'elle est licenciée en lettres. Aucun journaliste n'a encore téléphoné, des consignes strictes ont été laissées pour qu'ils s'adressent directement au service de presse de la Chancellerie[5] », leur dit-il au début de sa détention. Peu importe que la licence ès lettres n'existe pas, l'essentiel est de réussir à le faire croire. Et, dans le domaine du mensonge, elle reste une experte.

Le 6 janvier 1986, Madame Claude déclare vouloir entamer une grève de la faim à compter du lendemain, pour protester contre son incarcération. Un médecin l'examine en fin de journée et la pèse. Sa silhouette a fondu. À Paris, le sous-directeur de l'administration pénitentiaire demande à vérifier ce qu'il en est de cette annonce. Elle ne met finalement pas sa menace à exécution, mais manifeste des idées suicidaires, tout en exigeant d'être isolée. C'est le sens du courrier qu'elle adresse quatre jours plus tard au chef d'établissement. « Monsieur, Je désirerai [*sic*] vous demander une faveur. Je préférerai [*sic*] rester seule dans la cellule que j'occupe. J'ai l'habitude de vivre seule, je suis très insomniaque et je crois que la différence de génération rend la cohabitation avec vos autres pensionnaires un peu difficile pour elles et pour moi. Si vous pouvez me donner satisfaction. Je vous en remercie très sincèrement », lui écrit-elle. Le jour même, une médecin psychiatre lui rend visite et « certifie que l'état de

5. Document inédit.

santé de Mme Grudet Fernande est entièrement compatible avec une détention en cellule seule ».

« Le docteur Bony, médecin psychiatre de l'établissement, est venue visiter l'intéressée. À la suite de son entretien, le docteur m'a aussi confirmé la nécessité de la mettre seule du fait de l'impossibilité de vivre en dortoir avec d'autres détenues, se couchant le soir à des heures régulières, se levant le matin très tôt. La télévision, utilisée dans le dortoir jusqu'à la fin des émissions, l'empêchant de dormir, ce qui la perturbe, cela se trouve à l'origine de la mésentente dans le dortoir », affirme le chef de la maison d'arrêt. La proxénète gagne son bras de fer. Une cellule d'une dizaine de mètres carrés est spécialement aménagée pour elle. Cet ancien local de repos des gardiens devient son espace privé. Le cabinet de toilette et la douche, cachés par deux rideaux, le lavabo et le miroir, ne se partagent plus.

Il faut grimper cinquante-cinq marches pour atteindre l'avant-dernier étage de la grande tour, avec une vue imprenable sur le Lot qui coule en contrebas. Seuls les barreaux devant la fenêtre, les murs de ronde que l'on aperçoit quand on se penche, et le confort rudimentaire de la pièce, lui rappellent l'enfermement. Madame Claude bénéficie de faveurs qui ne sont accordées à aucune autre détenue. Le privilège de la notoriété et le souci de ne pas créer de vagues n'y sont pas étrangers. Un coiffeur est autorisé à venir s'occuper de ses cheveux. « Elle n'a jamais touché à la gamelle de la prison[6] », me dit un ancien surveillant de cette geôle, aujourd'hui désaffectée, qu'il me fait visiter en avril 2021. Une fois cependant, Madame Claude voit arriver un plateau-repas qu'elle n'oubliera jamais. Le hors-d'œuvre, déposé dans un ravier, est un morceau de maquereau. « Vous vous rendez compte, ils ont osé me servir ça[7] », fait-elle savoir à son avocat lotois lors de leur premier parloir. Madame Claude s'habitue à remplir des bons de cantine. Elle finance la commande de plats préparés dans l'un des meilleurs restaurants de la ville, et la femme du directeur de la prison sort régulièrement lui faire des courses pour améliorer l'ordinaire.

Elle obtient même le passage d'une femme de ménage dans sa cellule. Lorsqu'elle s'agace un jour de la lenteur de cette dernière dans l'exécution des tâches, l'agent d'entretien ne se laisse pas faire. « Je n'ai que deux bras et deux jambes », lui dit-elle.

---

6. Propos de Lionel Candelier, ancien surveillant de la maison d'arrêt de Cahors, entretien avec l'auteur, avril 2021.
7. Propos de Madame Claude rapportés par Philippe Mercadier, son avocat à Cahors, entretien avec l'auteur, avril 2021.

« Si je n'avais eu que deux bras et deux jambes, je n'aurais pas réussi[8]... », réplique aussitôt l'ancienne proxénète. En prison, elle conserve ce ton péremptoire, cette façon de toiser les autres, et ce sentiment de supériorité. « C'était Madame, elle ne regardait personne et ne voulait voir personne. Elle sortait peu de sa cellule et, quand elle sortait, elle passait très fière[9] », me confie Tony Garcia, un ancien gardien de la maison d'arrêt.

Le 4 février 1986 marque le trente-cinquième jour de privation de liberté. Ce matin-là, Madame Claude passe plus de temps que d'habitude devant la glace. Elle est toujours préoccupée par son apparence, mais particulièrement aujourd'hui, car elle passe devant les magistrats. Elle a une réputation à tenir.

Quinze jours plus tôt, le président du tribunal de grande instance de Cahors a rejeté sa requête en libération immédiate. La cour d'appel d'Agen va-t-elle confirmer cette décision ou lui donner raison ? La nervosité se lit sur son visage, barré d'une énorme paire de lunettes en écaille. Elle monte dans

---

8. Propos de Madame Claude rapportés par Philippe Mercardier, son avocat à Cahors, entretien avec l'auteur, avril 2021.
9. Entretien avec l'auteur, novembre 2020.

la voiture de police, exceptionnellement garée dans la cour de la prison pour lui éviter la confrontation avec la presse. Ce n'est pas le seul égard. Les agents des forces de l'ordre en civil ne lui passent pas les menottes aux poignets. Au-delà de l'aspect psychologique pour elle-même, il y a l'image moins humiliante que les cameramen et les photographes capteront à l'entrée et à la sortie du palais. Son avocat local et ses deux avocats parisiens persistent à plaider la prescription des peines, atteinte au bout de quatre ans. Ils semblent oublier les actes de poursuites et de recouvrement, les commandements qui ont interrompu cette prescription. Cela s'est joué à quelques mois près... Si elle n'avait pas été arrêtée, la contrainte par corps serait tombée en mai 1986 pour la première série d'imposition, et en août 1986 pour la seconde.

Madame Claude ne s'est pas vraiment exprimée dans la presse sur ce raté, mais elle en a parlé en privé. Elle l'évoque dans une conversation tenue plus de dix ans après cet épisode, et enregistrée sur un répondeur à cassette. Danielle Mourthé a eu la bonne idée de conserver ce qui fait figure de relique et de trésor, une discussion de cinquante-deux minutes. C'est en posant à soixante-treize ans dans un body de dentelle noire, sous l'objectif de Christophe Mourthé, photographe de toutes les grandes personnalités du spectacle et mari de Danielle, que les deux femmes ont sympathisé.

La bande est dans le radiocassette. On entend l'appui sur les touches d'un téléphone, l'indicatif avant les deux sonneries, les bips et le répondeur qui se déclenche. « Le 42 58 45 90, je vous attends. Veuillez laisser votre message le plus détaillé possible. Je vous rappellerai dans les plus brefs délais », dit l'annonce.

« Claude, c'est Danielle ! » En entendant cette voix amie, Madame Claude engage la conversation. Elle explique que son conseil de l'époque lui a dit qu'elle pouvait rentrer en France. « Moi, ne sachant rien à tout ça, j'avais quand même acheté un Code pénal, j'avais lu tout ça, et la contrainte par corps, ça m'avait semblé un peu biscornu. [...] Ils vous contraignent votre esprit par la prise de votre corps. C'est très grave. Un avocat ne peut rien faire contre ça. Il peut vous dire : “Payez !” Et si vous payez, c'est fini instantanément. Les poursuites judiciaires s'arrêtent à la minute[10] », détaille-t-elle à son interlocutrice avec un ton assuré.

En réalité, Madame Claude ne maîtrise pas toutes les subtilités du droit. Elle fait mine d'écouter ses avocats, mais intérieurement son esprit vaga-

10. Propos de Madame Claude enregistrés par le répondeur de Danielle Mourthé en 1997.

bonde. Partir de rien, faire de son nom une marque, s'extraire de sa condition sociale et finir comme Al Capone – le « patron » de la pègre de Chicago à l'époque de la Prohibition, neutralisé par des agents du Trésor et du fisc –, c'est ce qu'elle vit, elle aussi. Elle ne s'y résout pas. Le 11 février 1986, la cour d'appel d'Agen rejette la requête de Fernande Grudet et la condamne à prendre en charge les frais de justice de première instance et d'appel.

En prison, les lettres qu'elle reçoit et qu'elle envoie sont bien évidemment lues par l'administration. Tout est consigné dans le dossier que j'ai entre les mains de manière exceptionnelle. Il y a ce courrier de son amie Sylvette Balland, l'épouse de l'éditeur André Balland, qui lui annonce l'engagement d'une campagne de presse de soutien par le frère de Françoise Sagan afin de réhabiliter son image dans l'opinion. Dans sa réponse restée secrète jusqu'à aujourd'hui, Madame Claude « fait part de sa joie à cette idée et réclame le contact d'un certain M. Kachoggi [*sic*][11] ». Le nom est certes mal écrit, mais il s'agit bien d'Adnan Khashoggi, le richissime homme d'affaires, client de son réseau de prostitution, plombé à cette époque par des pour-

11. Information inédite.

suites judiciaires, des revers financiers et un divorce très coûteux. Madame Claude sollicite également ses connaissances du monde politique. Le 22 mars 1986, elle s'adresse à son avocat parisien, Me Bruno Simonetta, dans une lettre distribuée par porteur spécial. Elle a ajouté à la main sur l'enveloppe les mentions « Personnel » et « Express » en lettres capitales. « Je pense que le temps passe et, somme toute, assez vite. Vous voir ne servirait pas à grand-chose. Vous savez que je connais, que j'ai connu Chalandon, il y a quelque dix années que je ne l'ai vu, mais nous avions beaucoup d'amis communs. Si Me Lombard pouvait le voir, mais personnellement, pas un quelconque secrétaire, ou autre personne autour de lui. Et surtout pouvoir lui expliquer exactement ce pour quoi je suis incarcérée, qu'il ne prenne pas peur. Je n'ai ni tué ni volé, qu'il se rende compte complètement que "sa grâce" n'amènera aucune perturbation dans son administration, il y a toutes les chances que je puisse sortir préventivement. [...] Il faudrait que votre intervention soit d'une extrême discrétion, sans intermédiaire ni témoin[12] », expose-t-elle

12. Lettre inédite de Madame Claude à son avocat, Me Bruno Simonetta, document obtenu par Mériem Lay, réalisatrice du documentaire *Madame Claude, sexe, mensonges et secrets d'État*, *op. cit.*

dans une lettre de trois pages. Lorsqu'elle rédige ce courrier, un gouvernement de cohabitation dirigé par Jacques Chirac vient d'être nommé deux jours plus tôt. Albin Chalandon, compagnon historique du général de Gaulle, est à la tête du ministère de la Justice. L'histoire ne dit pas si l'avocat a fait passer le message et si le garde des Sceaux est intervenu. Toujours est-il que Madame Claude est libérée de prison le mercredi 30 avril 1986, à 9 heures du matin, quatre mois après y être entrée.

L'éditeur André Balland, qui a pris en charge les frais de l'avocat lotois de Madame Claude, et son épouse l'accueillent quelques jours dans leur appartement du 26, quai de Béthune, à Paris. Ils lui trouvent au-dessus de chez eux un petit deux-pièces, qu'elle encombre de sa garde-robe et de ses dizaines de paires de chaussures. C'est à ce moment-là qu'elle décide de relancer une activité commerciale. Légale, cette fois.

13.

La chute

L'eau de pluie ruisselle sur le trottoir après une averse qui a surpris tout le monde. L'accalmie redonne envie aux Parisiennes qui marchent dans la rue Dauphine de flâner. Elles s'arrêtent presque toutes devant l'enseigne « Juste la frime », située au numéro trente de cette artère passante de Saint-Germain-des-Prés. Derrière de larges vitrines, la présentation des vêtements est soignée. Une femme d'une quarantaine d'années entre. Madame Claude se tient au garde à vous derrière son comptoir. La voici maintenant vendeuse en habillement.

La boutique a été ouverte en avril 1987, mais sur les papiers officiels son nom n'apparaît pas. Elle a préféré indiquer l'identité de gérants de complaisance, même si, officieusement, c'est bien elle qui tient ce magasin. Les collections sont rangées par taille et par couleur, l'éclairage est doux, les cabines d'essayage spacieuses, et des notes discrètes d'un parfum frais complètent cette atmosphère chaleureuse. En entrant, la cliente se sent aussitôt observée, de la tête aux pieds. L'ancienne mère maquerelle ne sait pas faire autrement. Son œil reste exercé et ses avis tranchés.

« Bonjour madame, j'ai repéré le tailleur-pantalon gris sur le mannequin. J'aimerais l'essayer.

– Oui, c'est un modèle en flanelle très agréable à porter, mais, sincèrement, je ne le vois pas sur vous. C'est trop classique. Il vous faut quelque chose de plus éclatant pour rehausser votre teint. Quelque chose de plus attirant pour les hommes. Ne bougez pas ! »

Madame Claude se dirige vers la réserve, déplie un escabeau, et attrape en haut d'une étagère une tenue protégée par un film plastique. En la voyant revenir avec un imprimé léopard, la cliente affiche une moue plus que dubitative.

« Je ne pourrai jamais porter ça !

– Faites-moi confiance. Allez, un peu de fantaisie, vous en avez besoin. »

Derrière le rideau, elle se change à contrecœur et, cinq minutes plus tard, elle se présente devant Madame Claude avec un sourire à la fois étonné et complice.

« Voyez, je vous l'avais dit. Revenez me voir dans deux jours pour me dire ce qu'a pensé votre mari. Et je vous donnerai le nom d'un coiffeur pour revoir cette couleur qui vous vieillit. »

Madame Claude n'est pas peu fière d'avoir conclu la vente et d'avoir ferré cette femme qu'elle est persuadée de revoir très vite. Avec d'autres acheteuses potentielles, le contact ne passe pas. Elles sont plus nombreuses à ressortir agacées, irritées, voire ulcérées, par ses remarques désagréables et souvent déplacées.

Est-elle finalement condamnée à être la dame des bons plaisirs tarifés, l'intermédiaire entre des garçons riches et des filles sélectionnées et modelées selon ses critères ? La boulangerie-pâtisserie, le restaurant et la galerie d'art qu'elle avait ouverts aux États-Unis se sont révélés des échecs. Sa boutique de prêt-à-porter prend le même chemin. Un peu plus de deux ans après son ouverture, « Juste la frime » baisse le rideau.

Madame Claude a soixante-six ans, des dettes, et toujours l'envie de gagner de l'argent. Beaucoup d'argent. Pour elle, la tentation est trop grande de renouer avec ce qui a signé sa renommée et sa réussite : la lucrative prostitution de luxe. Et, pour sa reprise de service, elle rouvre son épais carnet.

Dominique n'a jamais perdu le contact avec celle qui l'employait entre 1971 et 1975. Elle est maintenant hôtesse d'accueil dans un grand salon de coiffure. À la demande de Madame Claude, elle est chargée de repérer de belles filles et de les approcher. Elle va même lui présenter sa propre fille en février 1990. La proxénète lui promet de lui trouver un gros client pour la marier. En décembre 1990, la jeune femme accepte un premier rendez-vous sexuel, qui lui rapporte la somme de cinq mille francs. Un an plus tard, en janvier 1992, elle va vivre un épisode traumatisant dans l'appartement parisien d'une personnalité de l'univers de la mode. Il s'appelle Jean-Luc Brunel.

Play-boy issu de la bourgeoisie parisienne, il a bâti sa carrière en devenant agent de mannequins, puis en dirigeant deux agences réputées. Il se vante d'avoir lancé les carrières, entre autres, d'Estelle Lefébure, de Monica Bellucci, ou encore de Milla Jovovich. C'est Monsieur X, ancien inspecteur à la Brigade de répression du proxénétisme au sein de laquelle il a passé des dizaines d'années, qui me fait cette révélation. Il a toujours refusé de parler à un journaliste, mais le contact est passé entre nous. Il m'encourage, me donne de nouvelles pistes, et promet de m'aider quand j'aurai épuisé toutes les voies officielles. Le sujet a une valeur particulière à ses yeux, car c'est lui qui a obtenu le tuyau sur la reprise d'activité de Madame Claude sous le nom de Madame Cook, son nom de femme mariée à Las Vegas. En entendant plusieurs call-girls de ce nouveau réseau, il a eu vent d'une nuit éprouvante vécue par quatre filles au domicile parisien de Jean-Luc Brunel en janvier 1992.

La fille de Dominique et une jeune employée de la mairie de Toulouse arrivent ensemble au numéro quarante-cinq de l'avenue Hoche à Paris. Il n'est pas tout à fait 20 heures. Elles sont bientôt rejointes par deux autres filles de chez Claude. « C'est chez Brunel », leur a simplement indiqué la proxénète, sans en dire plus sur le déroulement de la soirée. Ce soir-là, l'entrepreneur du mannequinat reçoit chez lui trois amis, parmi lesquels un grand patron français de l'industrie alimentaire, âgé d'une quarantaine d'années. Sur la table du salon, des bouteilles d'alcool sont ouvertes et des toasts sont disposés sur un plateau. La discussion s'engage, les filles font bonne figure. Elles sourient aux blagues pas toujours drôles des quatre hommes, qui portent sur elles un regard peu respectueux. L'apéritif s'éternise. Il est suivi d'un long dîner. Après le repas, vers 2 heures du matin, l'un des convives, un jeune Marocain de vingt-cinq ans, sort des sachets de poudre blanche. Tous les garçons en prennent. Les prostituées n'y touchent pas. Deux hommes exigent une fellation. Une première fille a la bouche complètement anesthésiée par la cocaïne qu'il a mise sur son sexe. L'autre tente de faire disparaître le goût amer de la drogue en mangeant un yaourt dans la cuisine. Une troisième fille refuse de le faire et de participer à la partouze qui s'annonce. Le maître de maison la met à la porte avec mille francs. En pleurs, elle appelle Madame Claude. La proxénète lui dit qu'il faut répondre aux désirs des clients, répondre à leurs exigences, toujours les satisfaire.

Pour la nuit, chaque fille reçoit de Jean-Luc Brunel la somme de huit mille francs, au lieu de dix mille – un tarif qu'il a lui-même négocié avec Madame Claude. L'une des filles raconte qu'il n'a plus assez de billets en francs, et qu'il complète avec des dollars américains…

Au moment de cette soirée décadente dans son appartement parisien, Jean-Luc Brunel est déjà ami du milliardaire américain Jeffrey Epstein. C'est au cours des années 1990 et 2000 que les deux hommes font des affaires ensemble dans le mannequinat et que se noue entre eux un terrible pacte, destiné à assouvir les pulsions sexuelles d'Epstein.

La preuve de leur proximité réside dans le livre de bord du Boeing personnel d'Epstein, qui révèle la présence du Français sur une quinzaine de vols, et dans les notes prises par le majordome du financier américain. « Jean-Luc a trouvé pour vous un prof de russe. Elle a 2x8[1], blonde. Les leçons sont gratuites et commencent quand vous voulez[2] », a-t-il écrit sur un carnet téléphonique devenu pièce à conviction. L'agent de mannequins est suspecté d'avoir rabattu des centaines de mineures pour son ami. Virginia Roberts Giuffre, recrutée à l'adolescence comme masseuse de Jeffrey Epstein, et devenue son esclave sexuelle et celle de son entourage, évoque plus de mille filles envoyées par Brunel. Elle accusera également le Français de l'avoir violée à plusieurs reprises sur l'île de Little Saint James dans les Caraïbes et dans un ranch du Nouveau-Mexique, deux propriétés du milliardaire américain.

Le 8 juillet 2019, Jeffrey Epstein, l'ami de Donald Trump et de Bill Clinton, se retrouve inculpé d'abus sexuels, de prostitution et de viols de mineures. Ce retentissant scandale mêle aussi le prince Andrew, le fils de la reine d'Angleterre. Trente-trois jours après son incarcération au Metropolitan Correctional Center de New York, l'homme d'affaires américain est retrouvé pendu dans sa cellule.

---

1. Manière d'indiquer que la jeune femme a seize ans.
2. Jean-Gabriel Fredet, *L'Île de tous les vices*, Albin Michel, 2021, p. 175.

C'est cette même mort que choisit Jean-Luc Brunel, dont le corps est découvert, le 19 février 2022, par les gardiens de la prison de la Santé à Paris. Interpellé en décembre 2020 à l'aéroport Roissy-Charles de Gaulle, le septuagénaire était suspecté de viols et d'agressions sexuelles, de harcèlement sexuel, d'association de malfaiteurs et de trafic d'êtres humains. Sa disparition éteint toutes les poursuites et prive ses victimes d'un procès qui aurait pu leur permettre d'être reconnues et d'obtenir réparation.

Curieusement, les enquêteurs de l'Office central pour la répression des violences aux personnes, chargés d'enquêter sur les agissements de Jean-Luc Brunel, ont ignoré ses frasques, les parties fines avec cocaïne et violence, pour lesquelles il a fait appel à Madame Claude et à sa concurrente, Madame Ariane. C'est le regret de Monsieur X, qui garde intacte en mémoire l'audition de l'entrepreneur français, quelque temps après l'arrestation de Madame Claude, et cette étrange impression qu'il lui a faite en entrant dans son bureau.

« Je suis content d'être ici parce que mon beau-père était préfet de police », lui dit d'emblée Jean-Luc Brunel. « Qui était-ce ? » l'interroge alors l'inspecteur. « Maurice Papon », répond-il. Coup de bluff ou coup de pression, pour le policier, ce nom évoque aussitôt le sinistre secrétaire général de la préfecture de Gironde qui, entre 1942 et 1944, se montra le supplétif zélé de l'occupant nazi dans son entreprise d'extermination des Juifs, et le préfet de police de Paris impliqué dans la répression sanglante et meurtrière de deux manifestations pacifiques de partisans de l'Algérie indépendante en octobre 1961 et février 1962.

À l'issue de son interrogatoire sur cette soirée sexuelle traumatisante pour les filles de Claude, organisée début 1992 chez lui, Jean-Luc Brunel n'a jamais été poursuivi. Madame Claude, elle, est tombée. C'est grâce à un tuyau récolté par Monsieur X – un « cadeau », pour reprendre ses mots – que tout a démarré. À l'origine, une fille de son premier réseau, qu'il entend dans le cadre d'une enquête, l'informe de son retour aux affaires. Elle garde pour la proxénète une rancœur tenace et une soif de vengeance dont la motivation précise reste aujourd'hui encore inconnue.

Cette information lance les premières investigations. Le 24 février 1992, le supérieur de Monsieur X, l'inspecteur à la tête du groupe des réseaux clandestins, fait parvenir un rapport à la commissaire Martine Monteil, chef de la Brigade de répression du proxénétisme, et au parquet de Paris. « Nous avons l'honneur de vous rendre compte qu'à l'occasion d'investigations dans les milieux de la prostitution clandestine, nous apprenions de source confidentielle qu'un important réseau fonctionnait à partir des indicatifs téléphoniques : 48.87.35.35 et 42.74.68.02. [...] L'exploitation de cette organisation reposerait exclusivement sur l'utilisation du réseau des télécommunications et fonctionnerait dans la plus parfaite discrétion, les clients faisant eux-mêmes la publicité par le "bouche-à-oreille". Chaque nouveau client ne serait admis qu'après avoir été parrainé par un habitué[3] », écrit Claude Paul à sa supérieure, la première femme à diriger la Mondaine.

La valeur de ce document tient aussi dans ce qu'il ne nomme pas. Jamais Madame Claude n'est citée. « La police et la justice, il est vrai, n'ont jamais brillé par leur zèle pour faire tomber celle que l'on a surnommée la "meilleure maquerelle du siècle". [...] Étant donné les relations de Madame Claude dans tous les milieux, je recommande à l'inspecteur Paul de travailler dans la plus absolue discrétion. Si ce nom emblématique de Madame Claude arrive à la moindre oreille indiscrète, jamais nous ne la ferons tomber. Je cache donc notre enquête au reste de la

3. Document inédit, rapport du 24 février 1992, Préfecture de police, Direction de la police judiciaire, Brigade de répression du proxénétisme, transmis à la 1re section du parquet de Paris.

brigade aussi bien qu'à ma propre hiérarchie, que j'informerai plus tard, lorsque nous en saurons plus sur l'identité de notre suspecte. [...] Le sas de sécurité doit être parfaitement étanche[4] », expliquera Martine Monteil des années plus tard. Couverte par une commission rogatoire délivrée par la justice, la police agit sous l'autorité d'un juge. Elle peut mener toutes les investigations nécessaires pour caractériser le délit de proxénétisme.

Et cela commence par la surveillance jour et nuit des allées et venues de la proxénète au numéro onze de la rue Saint-Gilles, dans le quartier du Marais à Paris. C'est là que Madame Claude a établi son nouveau quartier général. Elle en a fait également son domicile. Sur la boîte aux lettres dans le hall, elle a inscrit le nom de Cook.

Gerda A., une femme d'origine tchèque, cliente de sa boutique de confection, et son mari, devenu gérant de complaisance du commerce, ont mis à disposition sans bail ce deux-pièces sur cour, qu'ils ont acheté en 1990. C'est d'ailleurs au nom de cet homme que les lignes téléphoniques sont attribuées.

En mars 1991, la propriétaire lui demande de quitter les lieux. L'occupante, qui ne paie pas

---

4. Martine Monteil, *Flic tout simplement*, Le Livre de Poche, 2009, p. 135, 136 et 137.

de loyer, menace aussitôt de la « faire flinguer[5] » et de « nuire à la carrière[6] » de son fils. Madame Claude, ou plutôt Madame Cook, n'a pas l'intention de partir. Sa petite affaire tourne, l'argent rentre à nouveau. À trois reprises, les policiers établissent qu'à l'issue des rendez-vous galants, les filles passent à son domicile, rue Saint-Gilles, afin de lui déposer vingt-cinq pour cent de leurs revenus – cinq pour cent de moins que dans les années 1960 et 1970.

Le 11 mars 1992, à 15 h 54, un certain Henri, « ami » de la période faste, appelle sur la ligne réservée aux clients.

« Qu'est-ce qu'il y a actuellement ?

– J'en ai plusieurs superbes. Maintenant ça y est, j'ai fait ma sélection, j'ai fait mon truc… J'en ai quatre ou cinq superbes.

– Il y en a une qui viendrait éventuellement dîner avec moi demain ?

– Oui, j'en ai une, truc bien, comédienne, grande, fine avec de jolis cheveux, intelligente, drôle et très jolie, brune avec des yeux bleus. Elle ressemble un peu à Marika d'autrefois. Tu veux qu'elle vienne à quelle heure ?

---

5. Propos de Madame Claude rapportés par Gerda A. dans sa déposition.
6. *Ibid.*

– Chez moi d'abord… L'apéritif vers 20 h 30, et après je l'amène dîner.
– Tout à fait.
– Quel est son prénom ?
– Marie-Hélène… 20 h 30…
[…]
– Qu'est-ce que je lui donne, à elle ?
– Pour toute la soirée, tu lui donnes dix mille.
– Elle est complètement pasteurisée[7], sûr ?
– Oui, oui, complètement pasteurisée. »

Madame Claude et son client ne savent pas qu'ils sont écoutés par la police. C'est un inspecteur qui me lit cette conversation inédite, enregistrée sur la face deux de la cassette quatorze. Les preuves s'accumulent. Il reste toutefois à monter une dernière opération : le flagrant délit.

Ce 16 mars 1992 dans l'après-midi, Sharley, vingt-huit ans, a rendez-vous avec Madame Claude. La jeune femme aux cheveux blonds courts et aux yeux clairs est emmitouflée dans un manteau noir. Quelque temps plus tôt, elle a participé à *Vénus*, la première émission érotique de la chaîne M6, présentée par Marlène Mourreau, ancienne deuxième dauphine de Miss France 1986, devenue manne-

7. Non atteinte de maladies sexuellement transmissibles.

quin. Escort dans le réseau de Madame Ariane, Sharley vient d'être écartée par la concurrente de Madame Claude. « Tu es vieille, pars à Londres, je ne peux plus rien faire pour toi[8] », a-t-elle entendu. Ingrid, une top-modèle, a joué l'entremetteuse pour ce nouveau poste.

Elle frappe à la porte et découvre pour la première fois le physique de Madame Claude. « Elle avait les cheveux courts poivre et sel, avec une mèche sur le côté. Elle n'était pas du tout excentrique. On lui aurait mis l'auréole sur la tête[9] », précise Sharley. Les deux femmes prennent place dans le salon, et d'emblée la proxénète émet des critiques. « Vous êtes une jeune femme intelligente, mais vous avez vu à quoi vous ressemblez ? Vous avez les cheveux trop courts. Vous avez les cuisses un peu trop rondes. Faudra penser à faire de la chirurgie[10] », annonce-t-elle d'une voix sèche, avant d'évoquer une possible soirée au Ritz. Elle devra arriver à la fin du dîner comme un dessert, et passera la nuit avec le client contre quinze mille

8. Propos de Madame Ariane rapportés par Sharley, entretien avec l'auteur, mars 2022.
9. Entretien avec l'auteur, mars 2022.
10. Propos de Madame Claude rapportés par Sharley, entretien avec l'auteur, mars 2022.

francs, sur lesquels Madame Claude prendra sa commission. Pour Sharley, ce gain conséquent est la promesse de pouvoir honorer des factures qui traînent.

Sur le bureau, elle remarque le carnet noir auquel la proxénète tient plus que tout. Il contient tous les numéros de téléphone des clients. Madame Claude ne le quitte jamais des yeux. Lorsqu'elle part faire bouillir de l'eau dans la cuisine pour préparer un thé, elle emporte son précieux répertoire.

À l'extérieur de l'appartement, le dispositif de surveillance policière est en place. Le chef adjoint de la Brigade de répression du proxénétisme, un inspecteur principal, un inspecteur et un enquêteur sont présents sur le palier du bâtiment B, situé au fond de la cour. À travers la porte, les policiers perçoivent des bribes de la conversation entre les deux femmes, et plus particulièrement les paroles prononcées par Madame Claude.

« Avec un peu de volonté, vous y arriverez. Il faut que vous perdiez cinq kilos ! Je vous donne ça, vous en prenez deux tous les matins. Vous commencez demain ! Je vais vous envoyer chez un chirurgien esthétique pour vos seins et vos cuisses[11]. »

11. Procès-verbal inédit de la Brigade de répression du proxénétisme.

Puis les hommes de la Brigade de répression du proxénétisme entendent un échange téléphonique.

« Oui ! Je vous l'envoie ! […] Oui ! Elle a eu un accident de voiture ! Attendez et rappelez-moi dans dix minutes, mais elle va arriver ! »

Dix minutes plus tard, le téléphone sonne à nouveau.

« Oui ! Elle n'est pas arrivée ? J'en ai une nouvelle, là, très bien, je vous l'envoie, elle sera là dans, dans… Je vous la passe. »

Sur l'autre ligne, Madame Claude appelle la call-girl attendue.

« Qu'est-ce que tu fous ? Bon, tu y vas vite, vite, vite… Il t'attend. 85, rue de la Pompe. Tu t'appelles Marie-Hélène ! Vite ! »

Et rassure aussitôt le client.

« Oui ! Elle arrive ! Attendez encore cinq minutes, elle a eu un accident de voiture, et vous savez, c'est pas simple à Paris quand vous avez un accident. Vous êtes en bas, là ? Elle va arriver ! »

À 17 h 05, la porte de l'appartement s'ouvre. Les policiers s'engouffrent dans la pièce principale. Ils demandent aux deux femmes de décliner leur identité, et leur signifient leur placement en garde à vue. L'inspecteur divisionnaire, officier de police judiciaire, découvre dans le tiroir d'un meuble de rangement un agenda Cartier de 1992, sur lequel sont mentionnés les prénoms de filles et les parties du corps qui doivent être revues par un chirurgien esthétique (« nez, cernes, menton, seins, structure, œil, cuisses »), un projet de fiction télévisée sur elle, un mandat de vente de la maison de Cajarc au prix de six cent mille francs, un carnet de comptes, une lettre de la propriétaire de l'appartement mettant Madame Claude en demeure de quitter les lieux. Tous ces documents sont placés sous scellés.

Madame Claude a le visage fermé. Elle jette un regard noir à Sharley, qu'elle pense être une traître, une « balance » en langage policier. Il n'en est pourtant rien.

Vêtue d'un étonnant jogging gris, elle rassemble des vêtements, ses affaires de toilette et des médicaments, et se laisse embarquer vers les locaux de la Brigade de répression du proxénétisme. Sharley monte dans un autre véhicule. Il est 19 h 10.

14.

FACE-À-FACE

Les deux voitures de police se garent devant le numéro trois de la rue de Lutèce, à deux pas du Palais de Justice. C'est là que la Brigade de répression du proxénétisme travaille, dans un bâtiment qui accueille aussi la lutte contre le banditisme. Sans attendre, Madame Claude est conduite dans le bureau de l'inspecteur divisionnaire Claude Paul pour y être entendue.

Il est 19 h 30, l'interrogatoire débute. « Sans désemparer, procédons à son audition. Connaissance prise de notre commission rogatoire, serment préalablement prêté de dire toute la vérité, rien que la vérité, conformément à la loi[1]... » Sur les questions

1. Procès-verbal d'audition en garde à vue de Fernande Grudet, 16 mars 1992.

d'état civil, « Grudet Fernande, veuve Cook, née le 6 juillet 1923, à Angers », se montre plutôt bavarde. « Je suis de nationalité française et suisse. J'ai acquis cette dernière par mon premier mariage. [...] La deuxième fois, je m'étais mariée aux États-Unis[2] », dit-elle.

« Je n'ai pas d'enfant. Je suis titulaire du baccalauréat. Je ne suis propriétaire d'aucun bien immobilier. Je n'ai pas de compte en banque, car je suis interdit bancaire. Plus exactement, je suis redevable envers le fisc et je ne peux pas ouvrir de compte bancaire, car immédiatement les services des impôts prélèveraient la somme que j'y déposerais[3] », poursuit-elle.

Elle reconnaît avoir deux lignes téléphoniques et avoir déjà été condamnée, mais lorsqu'il s'agit de s'expliquer sur ses ressources, elle a cette réponse lapidaire : « Je n'ai rien à dire à ce sujet, et je m'en expliquerai devant le juge en présence de mon avocat[4]. »

À 20 h 15, l'intéressée relit et signe le procès-verbal. Madame Claude n'est résolument pas décidée à reconnaître son statut de proxénète. Elle se montre même agressive. Alors, la patronne de la

2. *Ibid.*
3. *Ibid.*
4. *Ibid.*

Brigade s'en mêle. Martine Monteil reçoit Madame Claude en tête-à-tête. Sur son bureau trône un pistolet monté en lampe. Il lui a été offert par son père, inspecteur à l'Antigang – surnom donné à la Brigade de recherche et d'intervention. « Vous êtes une dame d'un certain âge. Vous ne découvrez pas la vie. Vous êtes intelligente. Vous comprenez bien que si vous êtes là, ce n'est pas par hasard. Il va donc falloir être raisonnable. Vous devez admettre les faits révélés par notre enquête. Nier en bloc ne servira strictement à rien, et personne ne viendra à votre secours[5] », lui fait savoir la commissaire sur un ton menaçant.

« Elle a eu une réaction d'agressivité parce que c'est une femme orgueilleuse. Elle sent qu'elle a été piégée, donc elle le prend très, très mal. [...] Elle cherche immédiatement à jauger l'adversaire, voir s'il y a quelques faiblesses[6] », ajoute-t-elle. Le lendemain de cette première journée de garde à vue, la commissaire accorde une faveur à la proxénète âgée de soixante-neuf ans. Elle l'autorise à repasser chez elle pour se doucher et se changer, puis elle lui

5. Martine Monteil, *Flic tout simplement*, *op. cit.*, p. 138.
6. Propos de Martine Monteil recueillis par Laurent Delahousse et diffusés dans le film *Madame Claude, sexe, mensonges et secrets d'État*, *op. cit.*

conseille de préparer un petit baluchon en prévision de son incarcération. Elle voit revenir une femme apprêtée, coiffée, maquillée, et habillée d'un beau pantalon en laine et d'une veste en cachemire. Elle accepte même de partager une pizza sur un coin de bureau avec Martine Monteil et son adjoint. Au cours de l'entretien, elle tente de légitimer l'utilité de son activité en bannissant de son vocabulaire les mots « passe », « client » et « mère maquerelle ». Des années plus tard, la proxénète saluera l'arrivée de la femme qui l'avait arrêtée à la tête de la Brigade criminelle du 36, quai des Orfèvres, avec ces mots : « C'est quelqu'un de bien, et pour que je dise ça d'un poulet, moi, il en faut[7]. »

Le 18 mars 1992, deux jours après son interpellation, la garde à vue de Madame Claude prend fin. Elle est conduite au dépôt, un endroit gardé par des religieuses que les flics appellent la « souricière » et qu'elle préfère nommer la « cage ».

Parmi les trois mille dossiers qu'elle a eu à traiter à ce poste pendant vingt-cinq ans, la juge Chantal Perdrix a encore en mémoire ce face-à-face avec

---

7. Propos de Madame Claude cités par Patricia Tourancheau, « Madame Claude passe à la caisse », épisode 1 de la série « La Mondaine », site *Les Jours*, 2 juillet 2016.

Madame Claude. « J'ai gardé le souvenir d'une femme dont le visage avait manifestement été lifté alors que ses mains étaient celles de son âge. C'était une femme de tempérament, elle ne se remettait pas en cause. L'un des enquêteurs m'avait dit à la lecture des écoutes : "Elle parle des filles comme du bétail." Elle ne s'intéressait qu'à leur physique et pour ce qu'il pouvait lui rapporter. Elle prétendait qu'elle n'avait rien gagné. Selon moi, cela n'avait aucun rapport avec son premier réseau. Les temps avaient changé. C'était un "petit" réseau et la clientèle n'était plus la même. On peut dire qu'elle avait perdu de sa superbe, c'est du moins l'impression que cela me donnait[8] », évoque-t-elle.

Madame Claude a, elle, la certitude de payer avec quinze années de retard pour son premier réseau, ses protections et sa notoriété.

De la cellule de sa prison de Fleury-Mérogis, quelques jours seulement après y être entrée, elle écrit à Dominique, la fille de sa première période d'activité dont elle est restée très proche.

« Pour moi, une autre vie commence, une vie dont je dois apprendre les tenants et aboutissants.

8. Propos recueillis par Michel Lernout, premier avocat général près la cour d'appel de Paris, janvier 2022.

Je suis très fatiguée, 48 heures de garde à vue au dépôt. Essayer de dormir tout habillée, je n'ai rien mangé depuis 3 jours, un vrai régime amincissant, c'est un sport qui n'est plus de mon âge !

Je tiens le coup, mais par instants je craque, pourquoi continuer le voyage ? Poser son sac et aller voir ailleurs, quelle tentation. Aurais-je le courage d'y résister ? Pour le moment, je fais comme si, jusqu'à quand ??

[...] Ici c'est ubuesque, des couloirs, des escaliers, à chaque fois que je dois aller quelque part, avec mon sens aigu de l'orientation, je me perds. Et il faut beaucoup d'argent pour cantiner, sinon c'est l'enfer. Je suis arrivée tard un soir, ils m'ont mis tout le fric que j'avais sous scellés, impossible d'acheter du thé, de l'eau ou du sucre. Je suis mal en point, j'ai froid, j'ai faim et je suis tellement fatiguée.

Ma chérie, excuse-moi de pleurnicher sur ton épaule, je vais essayer de me reprendre, avec l'aide de Dieu ou du diable, peut-être y arriverai-je[9]. »

Dans le salon de sa maison, Monsieur X n'a rien oublié de toutes les affaires traitées à la Mondaine.

---

9. Lettre inédite de Claude à Dominique quelques jours seulement après son incarcération.

Le volet Madame Claude est évidemment emblématique. Il revit son enquête et me raconte par le détail les auditions des filles. Je prends des notes. Il y a le témoignage de cette femme que la proxénète aborde à la brasserie Lipp, et chez qui elle s'invite ensuite. « Elle a vérifié mes livres, mes goûts musicaux. Elle m'a conseillé de me maquiller finement, de me coiffer joliment, et de me vêtir d'une façon stricte et raffinée[10] », déclare-t-elle. À une autre, elle recommande de s'habiller en petit matelot pour faire fantasmer un sexagénaire. Une autre call-girl évoque cette petite guêpière rouge que Madame Claude lui demande d'avoir toujours en réserve.

Une fille mentionne une liposuccion qui a causé des hématomes et l'a obligée à rester cloîtrée chez elle pendant un mois. « Elle a trouvé à redire sur mon nez et mes cernes[11]. » « Refaire les poches m'a coûté vingt mille francs[12]. » « Elle m'a trouvée un peu grassouillette. Je devais me faire retoucher le portrait, me vider les poches pour m'enlever celles que j'ai sous les yeux[13]. » Madame Claude trouve

10. Extrait de procès-verbal d'audition.
11. *Ibid.*
12. *Ibid.*
13. *Ibid.*

toujours à redire, des défauts à corriger. En réalité, elle est en cheville avec le chirurgien esthétique, qui lui reverse une partie des sommes versées en espèces pour les opérations. Et, en prêtant l'argent aux filles comme elle le faisait dans les années 1960 et 1970, elle les contraint à se prostituer pour rembourser. Entendu par Monsieur X, le chirurgien, payé en liquide, reconnaîtra l'envoi de clientes par la proxénète, mais il se réfugiera derrière le secret médical. L'inspecteur regrette aujourd'hui que ce médecin n'ait pas été poursuivi pour proxénétisme, car, en créant la dette, il était pénalement complice. Les policiers découvrent également les commissions versées par Madame Claude à celles et ceux qui lui présentent des filles. La pluralité des personnes recrutées, une vingtaine, et pour certaines la prostitution hors du territoire français, en Suisse, en Italie, en Angleterre et en Espagne, constituent le délit de proxénétisme aggravé.

Monsieur X poursuit en me livrant d'autres secrets révélés par l'enquête, comme l'écheveau compliqué des montages financiers de la proxénète pour dissimuler son patrimoine et organiser son insolvabilité. Les policiers découvrent un pactole placé, sous le couvert de prête-noms complaisants, sur des comptes en France et à l'étranger, un coffre-fort rempli de bijoux à la banque Rothschild à Paris, pour lequel elle a procuration, un compte à la banque américaine Wells Fargo, au nom de « Fernande Tolmatcheff » (*sic*), un prêt à un taux usurier de vingt-cinq pour cent par an accordé à l'exploitant d'une ferme perlière de Tahiti, des investissements immobiliers à Cajarc, à Los Angeles et dans un hôtel de Port-Salut à Haïti, mais aussi en Suisse et au Vanuatu (nouveau nom donné aux Nouvelles-Hébrides depuis 1980), deux pays protégés par le secret bancaire. Une ébauche de testament rédigée par Madame Claude en novembre 1991 aide les enquêteurs à y voir plus clair dans la nébuleuse opaque de ses biens, de son crédit et de ses créances.

La détention provisoire à Fleury-Mérogis, le plus grand centre pénitentiaire d'Europe, n'a rien à voir avec la petite maison d'arrêt de Cahors et ses quatre mois d'un régime de faveur. Elle est touchée, déstabilisée. À près de soixante-dix ans, elle comprend que les derniers vestiges de son empire sont réduits en miettes. Seuls lui restent les souvenirs des années fastes et de sa légende, qu'elle va s'employer à faire briller et exploiter dans sa vie d'après.

15.

La vie d'après

Allongée dans sa cellule de neuf mètres carrés, Claude ne trouve pas le sommeil. Elle garde les yeux ouverts. Elle a trop peur que l'une de ses deux codétenues, fragile psychologiquement, ne s'en prenne à elle. Elle surveille son sommeil, prête à bondir et à hurler si un coup de folie survenait. La sonnerie du réveil n'est pas nécessaire. Elle a toujours les yeux ouverts bien avant. Au bruit perçu dans les coursives, elle parvient à déterminer l'heure qu'il est. Dans quarante minutes, le petit déjeuner sera servi. Comme d'habitude, elle ne touchera pas à cette nourriture qui lui détraque les intestins. Elle s'est habituée à utiliser le système de « cantine » de la prison, pour acheter des gâteaux secs, mais aussi des produits d'hygiène et d'entretien. Elle râle de ne pouvoir obtenir l'eau de Javel qui lui permettrait de tout désinfecter. L'obsession de la propreté et la hantise du désordre ne l'ont pas quittée. Chaque jour, le rituel est le même. Elle secoue les draps et la couverture, puis refait son lit au cordeau, nettoie les sanitaires, et s'emploie à replier ses vêtements. Elle sort en promenade, participe à des cours ou à des ateliers, et passe le reste du temps à échanger avec des femmes cabossées par la vie. À Cahors, elles étaient huit détenues. À Fleury-Mérogis, elles sont cinq cents, dont un grand nombre de toxicomanes. Ici, Madame Claude porte le matricule 26.466 T, une parmi tant d'autres.

Des mois après notre première rencontre, Dominique me reçoit désormais chez elle. Quand je franchis la porte d'entrée, un grand sac poubelle gris laisse entrevoir une impressionnante masse de lettres manuscrites à jeter. Elle fait du tri dans sa correspondance. En revanche, au fond d'un placard, il y a cette petite pochette cartonnée qu'elle ne jettera jamais. Elle contient tous les courriers et petits mots reçus de Claude. Elle me confie ce trésor. Leur lecture donne la force de l'amitié entre les deux femmes, traversée parfois par des fâcheries et des réconciliations immédiates, des mots affectueux que sa propre fille aurait aimé entendre.

Sept jours après son arrestation, du fond de sa cellule, celle qui signe « Claudy » écrit à Dominique.

« Ma chérie,

Merci pour ton petit mot, il m'a fait chaud au cœur. Je voudrais te remercier pour toute ta grande gentillesse, c'est pour moi plus facile de te l'écrire.

Je pense finir par arriver à me sortir de tous ces ennuis. Mais je ne sais en quel état !

Toi, tu es là près de moi, avec aussi tes ennuis, à me soutenir avec ton sourire et ton beau visage. Il y a bien longtemps que j'ai commencé à désespérer de l'humanité, mais toi, tu es là près de moi, jour après jour, et je sais que cela n'est pas facile. Les jours passent, l'horizon est toujours aussi bouché, je ne vois pas le bout du tunnel.

[...] Ma vie n'est pas un long fleuve tranquille, mais une ruelle sans issue avec au fond un mur incommensurable, et moi, petite chose sans mérite, et sans avenir, je cours désespérément en essayant en vain de trouver la sortie.

La solution dans tout cela, peut-être il n'y en a pas.

Mais dans ces instants douloureux et bien négatifs tu es là près de moi, et de cela je te remercie de toute mon amitié[1]. »

1. Lettre inédite adressée par Madame Claude à Dominique en mars 1992, au début de son incarcération.

Une surveillante interpelle Madame Claude. « On ne traîne pas après le parloir. Dépêchez-vous de rentrer. Vous pensez qu'on a que vous ! » lui crie-t-elle. La célèbre détenue la fusille du regard et presse le pas, malgré une inflammation du genou causée par un épanchement de synovie. Elle ne décolère pas contre le personnel de l'administration pénitentiaire, qui lui manque d'égards et lui inflige des brimades qu'elle-même ne se gênait pas de faire vivre aux filles de son réseau. Fière et orgueilleuse, elle fait mine de ne pas être atteinte, pour ne pas leur donner le plaisir de l'abus de pouvoir. Quand son moral plonge, elle se réfugie dans les souvenirs qui ont enchanté sa vie. Ce sont de petits films sortis de sa mémoire qui se traduisent par des images de trajets aériens en classe affaires, de voyages dans des îles lointaines et de dîners somptueux dans des palaces. Alors, il n'y a plus de murs d'enceinte, d'air vicié, de hurlements de prisonnières en manque de drogue. Dans cet univers clos, elle réussit à se créer mentalement une bulle de liberté, qui a l'effet d'une dose d'oxygène, d'une lumière enveloppante, d'une chanson douce. Se réveillent dès lors des sensations rassurantes.

Au fil des parloirs, son avocat la voit dépérir. À l'extérieur, il se démène pour la sortir de ce qu'elle qualifie de « préfiguration intéressante de l'enfer[2] ». Le 25 juin 1992, il obtient de la juge d'instruction une remise en liberté sous caution judiciaire. Madame Claude ne veut pas payer la « rançon ». Le pénaliste Me Francis Szpiner réussit à réunir la somme demandée. Les trois cent mille francs réclamés sont versés quelques mois plus tard par la chaîne TF1 et l'hebdomadaire *VSD*, qui achètent là l'exclusivité de ses confessions. Une aberration pour Monsieur X, le policier qui a permis son arrestation. Il rappelle que le principe de la caution est de faire sortir l'argent du délinquant. D'autant que Madame Claude a largement de quoi payer la somme demandée.

Le 14 août 1992, elle est libérable. À 20 h 30, elle est extraite de sa cellule, une demi-heure seulement avant l'heure limite des sorties. Elle monte dans un fourgon qui la dépose sur un parking. « Aidez-moi parce que je suis incapable », dit-elle à son avocat et à Philippe Thuillier, qui produit la réalisation d'un documentaire exclusif pour la première chaîne. « Donnez-moi quinze jours, et vous me retrouverez en forme[3] », confie-t-elle à ce dernier à l'arrière de la voiture qui prend la direction du quartier des

2. Claude Grudet, *« Madam ». Roman vécu*, *op. cit.*, p. 283.
3. Propos de Madame Claude rapportés par Philippe Thuillier, entretien avec l'auteur, juin 2022.

Ternes, à Paris. Dominique, l'ex-fille de son réseau, est la seule à avoir accepté de lui porter secours en l'hébergeant.

Des natures mortes et des portraits ornent les murs, des meubles de famille anciens et des antiquités achetées au gré de ses coups de cœur créent une atmosphère rassurante. Dominique est en vacances ; la gardienne est chargée d'ouvrir la porte à Madame Claude qui, en arrivant, découvre un mot de bienvenue sur la table du salon. « Je lui disais que sa chambre était prête, et que je rentrais à telle date. On n'avait pas pu se parler avant puisqu'elle était incarcérée. J'avais simplement reçu un télégramme du directeur de Fleury-Mérogis pour me prévenir de son arrivée[4] », me confie Dominique. Cette attention, ces quelques mots chaleureux lui font monter des larmes de réconfort et de gratitude. Il y aura d'autres pleurs, de tristesse ceux-ci. Les deux femmes visitent l'entrepôt où sont stockées les affaires qui occupaient l'appartement de la rue Saint-Gilles au moment de son arrestation et pendant ses cent quarante-neuf jours à Fleury-Mérogis. Claude ne retrouve pas tous les souvenirs de la vie d'avant. Il manque un sac Hermès, des malles Vuitton, des bottes en cuir et une série de serviettes éponge. Elle

4. Entretien avec l'auteur, juin 2022.

comprend que les deux amies avec qui elle projetait d'ouvrir une agence matrimoniale ont profité de son absence pour emporter ses objets de valeur. C'est la première fois que Dominique voit pleurer Claude. « Je perdais là une de mes dernières illusions, de celles qui désespérément s'accrochent quand toutes les autres ont déjà sombré[5] », écrira Madame Claude quelques mois plus tard.

À l'origine, elle devait rester quinze jours chez Dominique, mais Claude s'y sent bien. Leur cohabitation va durer un an. Elle paie la moitié du loyer, de la facture d'électricité et des frais de nourriture. Et Dominique s'habitue à trouver chaque jour de petits mots de celle qu'elle loge.

> *« Ma chérie,*
>
> *Je pars, il est 10 h 45, je serai de retour vers 16 h. Si tu es occupée, mets une pile de magazines près de la porte.*
>
> *Je comprendrai.*
>
> *Claudy »*

Les relations sont apaisées, sauf quand la personnalité de Claude reprend le dessus. Son besoin de tout régenter, de tout diriger, agace Dominique.

5. Claude Grudet, *« Madam ». Roman vécu*, *op. cit.*, p. 299.

Un soir de septembre 1992, une explication de texte a lieu entre les deux amies. Claude s'emporte, fait ses bagages, les pose dans l'entrée et appelle un ami coiffeur en lui demandant de venir la chercher. L'instant d'après, la colère est retombée. Au petit matin, elle reprend la plume.

> « *Ce samedi 7 h 30*
> *Ma très chère,*
> *Je conçois que tout cela n'est pas très agréable.*
> *Je t'aime beaucoup, mais probablement est-il difficile de vivre très longtemps avec une personne étrangère, enfin pour toi, et sûrement pour moi aussi.*
> *Je comprends que je suis un énorme paquet d'ennuis, les miens et par là même ceux que je t'occasionne.*
> *J'ai, crois-moi, essayé très fort depuis plus d'un mois de ne pas t'en parler et de garder tout, pour moi, lisse comme un sou neuf, j'ai, je crois, mal réussi.*
> *Peut-être ai-je, quand je souffre de quelque chose, une façon mauvaise de réagir, sûrement, mais je suis ainsi, le contraire de toi. Impossible de sourire quand le cœur n'y est pas.*
> *[…] J'ai ce dernier mois beaucoup souffert, mes nerfs furent mis à cruelle épreuve, même si tu n'en as rien su, enfin c'est ma vie.*

J'aurais aimé que tu sois très heureuse, de par ma faute, tu ne l'es guère. Je vais essayer avec un tout petit peu de temps de remédier à cela, je te l'assure.

[...] Ma chérie, je te souhaite plein de joie et de bonheur, avoir partagé ta vie fut un excellent moment, peut-être est-ce difficile que cela soit très long.

Je t'aime cependant très fort. »

Contrairement à ce qu'elle écrit, Madame Claude ne partira pas. Les relations s'apaisent jusqu'au prochain coup de gueule et à la lettre d'excuses qui suit systématiquement.

« *Jeudi, 11 heures.*

Ma chérie,

Je sais que tu vas te sentir soulagée de cette semaine sans moi.

Je sais aussi combien, sometimes[6], *il est difficile de vivre avec moi.*

Si je t'ai blessée, tu m'en vois malheureuse.

Mais je t'aime fort, sans aucune arrière-pensée de quelque ordre que ce soit.

---

6. *Sometimes* : parfois.

Je voudrais pour toi le meilleur, nous essaierons ensemble que tu l'aies.

Je n'oublierai jamais ce que tu fis pour moi à un mauvais moment de mon existence. »

L'échéance du procès qui approche n'est pas étrangère à cette atmosphère plus lourde, à ces tensions que Dominique désamorce, car elle sait Claude fragilisée et angoissée par cette séquence judiciaire et médiatique.

Le 16 septembre 1992, vêtue d'une veste beige, d'un chemisier blanc, d'un pantalon en cuir couleur fonte, le regard barré de ses grosses lunettes en écaille, la plus mythique des proxénètes entre au Palais de Justice la tête haute, les cheveux grisonnants coupés en un carré strict. Elle va affronter les magistrats de la seizième chambre correctionnelle, spécialisée dans le proxénétisme et le trafic de stupéfiants. Elle est déterminée à démontrer la légitimité de son activité, à minimiser le délit de proxénétisme aggravé. Elle veut faire entendre à la cour qu'elle n'est pas une vulgaire mère maquerelle, et prouver qu'elle n'a forcé personne à vendre du sexe. Face à elle, le substitut du procureur de la République est convaincu du contraire. « C'était une femme étonnante. Si je devais prendre une image, c'est comme si c'était l'appartement témoin, très beau en apparence, d'un promoteur véreux. Quand on grattait, le vernis tombait. Elle jouait sur les failles narcissiques des filles. Même les créatures les plus belles ont des failles et elles acceptent de se mettre sous la coupe de celle qui sait et qui va arranger les blessures narcissiques. Elle organisait la dépendance à l'origine. Ce que je voulais montrer dans mon réquisitoire, c'est que l'on peut se faire piéger par des prédateurs du sexe. C'était une marchande de chair fraîche qui tenait d'une main de fer ce système d'emprise[7] », m'explique Étienne Apaire, le substitut du procureur chargé de requérir une sanction pénale.

Dominique s'est glissée discrètement dans l'assistance. Quand elle entend le magistrat lire la déposition de la call-girl sermonnée par Madame Claude pour avoir refusé les exigences d'un client sous cocaïne lors de la soirée chez Jean-Luc Brunel, elle comprend que la peine sera lourde. Ce jour-là, le tribunal la condamne à six mois de prison ferme, trente mois avec sursis, et un million de francs d'amende pour proxénétisme aggravé, somme ramenée à six cent mille francs en appel. Il ordonne l'interdiction des droits civiques durant cinq ans, la confiscation des scellés et le retrait du passeport.

7. Entretien avec l'auteur, mars 2021.

Les quatre mois et sept jours passés en préventive à Fleury-Mérogis lui évitent un nouveau passage par la case prison. Elle n'a plus le port hautain qu'elle avait en entrant. Elle se cache derrière son avocat en lui tenant le bras et en regardant ses chaussures pour ne pas montrer aux cameramen et aux photographes son visage défait. Elle réserve son unique déclaration à la caméra de TF1 qui, en ayant acheté l'exclusivité de son témoignage pour un documentaire, obtient le droit de la filmer dans la voiture qui la transporte.

« Qu'est-ce que vous allez faire ?

– Ah, ah ! Ça, c'est une grande question, j'en sais rien. Je vais essayer d'aller voler quelque part un million de francs pour le remettre à la justice. Je ne les ai pas, c'est un cruel dilemme. Que vais-je faire ? Puis ça, ce sera pour demain[8] ! » répond-elle avec agacement.

Madame Claude encaisse le coup. Elle enrage de ne pas avoir échappé à cette lourde condamnation et de voir sa légende salie, son mythe écorné par ce minable statut de proxénète auquel les juges l'ont ramenée. Au-delà de la somme à réunir pour éviter

8. Propos de Madame Claude tenus dans le documentaire *Les Confessions de Madame Claude*, réalisé par Patrick Méadeb, produit par Philippe Thuillier, TF1, janvier 1993.

de nouveaux ennuis judiciaires, il y a l'envie chez elle de se refaire, de reprendre la main, de réhabiliter son image dans l'opinion. C'est ce qu'elle exprime à Dominique dans une lettre de remerciement, rédigée en octobre 1993, quelque temps après avoir quitté son appartement.

> « *Ma jolie,*
>
> *Merci pour ta missive, moi aussi j'ai passé de doux moments chez toi, aussi, j'ai douté de moi, de la vie, des autres. Jamais de toi.*
>
> *Sache que tu es une grande fille merveilleuse, que te regarder vivre fut pour moi une source de joie. Je t'ai parfois enviée, tu as beaucoup de qualités qui font les vraies femmes et, en plus de tout, tu es bonne et cela, par nos temps ô combien troublés, est une denrée de plus en plus rare. Je t'en prie, reste ainsi toute ta vie.*
>
> *Je pense que le sort nous doit une revanche et nous l'aurons bientôt.*
>
> *[…] Je t'embrasse très fort.*
>
> *Claudy* »

C'est une nouvelle fois à Dominique que Claude demande de l'aide quelques semaines plus tard. Thierry, un ami français connu lors de son exil américain, les invite à passer les fêtes de fin d'année à Los Angeles. Dominique est partante, mais elle se demande bien comment Claude pourrait voyager, car les autorités françaises lui ont confisqué son passeport à la suite du jugement du tribunal correctionnel de Paris. Et elle a toujours le statut d'« étrangère indésirable en Amérique ». Mais il en faut plus pour la décourager.

« Tu n'aurais pas une amie petite comme moi, coiffée comme moi, qui pourrait me prêter son passeport ? » lui demande Claude.

Dominique organise un rendez-vous chez elle avec une fille de bonne famille qui, un temps, a travaillé pour Claude. La discussion s'engage autour d'un thé, puis vient la question qui a motivé cette invitation. La réponse fuse. « Ah non, il n'en est pas question. Je ne prête mon passeport à personne. »

Madame Claude n'est pas du genre à lâcher l'affaire. Elle s'accroche à l'idée de surmonter l'obstacle, et de vivre les deux réveillons de Noël et de la Saint-Sylvestre sur la côte californienne. Finalement, elle sollicite une codétenue qui a partagé sa cellule à Fleury-Mérogis, et avec qui elle a sympathisé. La femme accepte de lui passer le passeport de sa mère, âgée, qui ne voyage plus…

« La veille du départ, je dis à Claude : "Demain, tu la joues discrète ! Il ne s'agit pas d'attirer l'attention sur toi[9] !" » Le lendemain, Dominique voit Claude arriver en majesté à l'aéroport dans un splendide manteau de vison qui fait sensation et avec ses grandes lunettes en écaille posées sur son petit nez remodelé par la chirurgie esthétique. « Oh non, Claude, ce n'est pas possible. Je t'avais dit de ne pas te faire remarquer. Je te préviens, je ne suis pas avec toi ! On ne voyage pas ensemble. Moi, je ne veux pas avoir de problèmes. »

Les bagages sont enregistrés. Il reste le moment le plus délicat, le contrôle des papiers, avant d'accéder à l'embarquement. Dominique ouvre le bal. Tout est en règle. Vient le tour de son amie, juste derrière elle. En lui rendant son passeport, l'agent de la police aux frontières lui dit en souriant : « Très bon voyage, Madame Claude ! » À l'aéroport de Los Angeles, rien non plus ne viendra contrarier la promesse d'un merveilleux séjour dans la « cité des anges ».

Dominique n'a pas oublié une autre histoire avec un douanier moins conciliant. Elle invite un jour Claude dans un bel hôtel suisse, entre Lausanne et Genève. Une cure de remise en forme est au programme. Dominique repère un manteau

9. Entretien avec l'auteur, juin 2022.

rose fuchsia, bordé d'un ruban gros-grain noir, dans la boutique de l'établissement. Elle craque et l'achète.

« On arrive au poste frontière. Je suis au volant de ma voiture et le douanier me demande si j'ai quelque chose à déclarer. Je lui réponds que non et il me fait ouvrir le coffre de la voiture. Il découvre le vêtement acheté à l'hôtel et il me dit : "Ça, vous ne l'avez pas déclaré !" Il m'a fait repayer le prix du manteau, soit cinq mille francs suisses. J'étais vraiment en colère. Claude a été chouette, elle m'a donné la moitié. Avant de nous laisser partir, il nous pose la question : "Rien d'autre ? – Si, du chocolat !" lui a répondu Claude[10] », se souvient Dominique. La voiture démarre en trombe, et les deux amies éclatent de rire. Le douanier vient de rater un petit pactole, une enveloppe contenant plusieurs milliers de francs que Claude a retirés sur son compte à la banque Pictet. Une petite fortune glissée dans la poche de rangement à l'arrière du siège passager.

Pour Madame Claude, l'argent est bien le nerf de la guerre. L'arrêt de son activité la contraint à puiser dans ses réserves. Il reste à payer une amende conséquente. Dès lors, elle va trouver le moyen de

10. *Ibid.*

générer de nouveaux revenus en monnayant son histoire et son coup d'œil expert.

En 1994, deux ans après sa condamnation, c'est une grand-mère chic qui revient dans les médias. Sur les plateaux et dans les journaux, elle vend *Madam*, son « roman vécu » et ses conseils de séduction sur cassette vidéo, afin de « redonner à l'âme sa disponibilité joyeuse qui attire inévitablement ceux qui traversent votre vie et leur donner le désir de vous suivre jusqu'au bout du temps[11] ». Et, en 1996, elle se livre à une ultime provocation rémunératrice. Sous l'objectif du photographe Christophe Mourthé, elle pose en body de dentelle noire, fière de sa silhouette à soixante-treize ans. Un dernier pied de nez avant de disparaître, de préférer l'ombre à la lumière.

11. Propos de Madame Claude inscrits sur la jaquette de la cassette vidéo *Les Conseils de séduction de Madame Claude*, *op. cit.*

16.

Baie des Anges

La télévision joue le film du dimanche soir. Ce 25 août 1996, Claude est installée devant le petit écran, avec son plateau-repas. Elle grignote à peine. Elle aime cette habitude, ce moment au cours duquel, seule chez elle, elle n'a plus besoin d'être apprêtée. Le temps d'une soirée, elle oublie les tracasseries judiciaires et financières, qui ne sont pas complètement réglées. Le 13 juillet précédent, elle a été placée une journée en garde à vue, et présentée menottes aux poignets aux magistrats, qui lui ont accordé deux mois de sursis pour payer le reliquat de son amende, la somme de cent quatre-vingt mille francs.

Il est loin, le temps des montagnes de billets qui tombent, des protections qui règlent tout, des nuits sans insomnie. L'époque et le personnel politique ont changé, mais Madame Claude convoite tout de même un appui. Dans une lettre datée du 27 août, elle espère apitoyer Jacques Toubon, le garde des Sceaux issu des rangs du RPR, sur sa situation.

« Monsieur,

Je vous remercie des instants d'attention que vous voudrez bien m'accorder en lisant ces quelques feuillets.

Il y a quatre années, poussée par le besoin d'argent, j'ai essayé de mettre en pratique la seule chose que je sais bien faire avec discrétion et élégance. En France, au contraire de beaucoup de nos pays voisins, cette activité est réprimée par la loi. J'en ai assumé les retombées.

[...]

Je n'ai plus d'argent, j'habite 40 m^2 à Barbès, je vis très simplement, je n'ai pas de couverture sociale, je n'en ai d'ailleurs jamais eu, je me déplace en métro et ma vie est d'une tristesse infinie.

Je demande seulement un peu de temps, un an et demi, pour pouvoir finir de m'acquitter de ma dette.

[...]

J'ai 73 ans, une santé un peu chancelante, un grand désamour de la vie.

Je demande seulement un peu de temps, j'ai un jour sacrifié 2 années de ma vie pour notre patrie dans un camp de concentration allemand, pensant à ce moment-là que la France méritait un tel choix.

Je ne le crois plus.

Je pense qu'un reste d'indulgence, ou simplement de justice, pourrait s'appliquer à mon cas.

Monsieur, je n'ai plus d'espoir qu'en vous, je suis seulement une vieille dame qui a peur.

Fernande Grudet[1] »

Nul ne sait si le ministre de la Justice a été sensible au sort de cette dame qui s'invente un passé de déportée et se dit ruinée. Face à l'évidence du mensonge, il est difficile d'imaginer son intervention. Madame Claude a finalement trouvé le moyen de payer cette peine pécuniaire en vendant la dernière parcelle et le pigeonnier en ruine dont elle était propriétaire à Cajarc, mais aussi avec ses droits d'auteur.

À Montmartre, Claude a pour voisin une autre personnalité. Michou habite, comme elle, villa Dancourt. Il est le fondateur d'un cabaret d'artistes qui porte son nom au numéro quatre-vingts de la rue des Martyrs. À leur arrivée à Paris, tous les deux ont connu ce quartier populaire, tenu par les gangs

1. Lettre inédite de Fernande Grudet adressée à Jacques Toubon, garde des Sceaux, le 27 août 1996.

et les voyous. Tous les deux viennent d'un milieu simple et ont cette personnalité éruptive qui leur a permis de réussir. Madame Claude a fait recette en inventant les call-girls à la française. Michou, homosexuel assumé, a fait bouger les lignes et affolé la Mondaine en mettant sur scène des transformistes. Entre eux, l'entente est cordiale, avant une brouille définitive.

Ce cas de figure se reproduit souvent avec Madame Claude. Une fin d'après-midi, Jacky Hénu, « michette » connue sous le nom d'Hortensia, la voit débarquer au cabaret. Le patron lui a donné rendez-vous, mais, à l'heure dite, il n'est pas là. « Michou était encore chez lui. Il a dit à sa nièce Catherine : "Dis-lui de venir à l'appartement. Et donne-lui, s'il te plaît, une bouteille de champagne pour qu'elle l'apporte." Quand on l'a prévenue, elle a dit : "Vous me prenez pour qui ? Je ne suis pas une bonniche[2] !" » me raconte cet artiste talentueux qui a fait les grandes heures de la salle. Il n'a pas eu la repartie pour lui répondre, mais, quelque temps plus tard, il va trouver le moyen de le faire de manière subtile.

Ce soir-là, Madame Claude dîne avec trois jolies créatures, bien habillées, bien coiffées. « J'ai vite

2. Propos de Michou et de Madame Claude rapportés par Jacky Hénu, entretien avec l'auteur, mars 2021.

compris que ces filles étaient des escorts. Pendant le spectacle, je jouais le rôle d'une patronne de bordel, et j'interprétais en play-back la chanson *Toutes ces dames au salon*[3]. »

Avec sa carrure imposante, un maquillage poussé, une longue chevelure rouge, un impressionnant boa de plumes rouges et noires, il ressemble au personnage de la Castafiore dans *Tintin*. Le public est captivé par ses outrances et la manière dont il s'approprie le rôle.

« *Je ne veux pas de d'moisell' qui discutent / Moi je n'les garde pas, vous avez bien compris ? / Il faut apprendre à d'venir un'bonne pute / Je sais d'quoi j'cause, y'a longtemps qu'j'ai appris*[4] », chante-t-il. La salle rit aux éclats. Madame Claude, moins. « Je l'ai regardée fixement. Elle faisait la gueule. Personne autour d'elle ne savait qui elle était, mais moi je l'ai visée directement », raconte-t-il, heureux d'avoir eu sa revanche.

Au milieu des années 1990, Claude finit par se lasser de Paris et de son tumulte permanent, de son agitation fatigante. Elle a le désir de vivre à la

---

3. Entretien avec l'auteur, mars 2021.
4. *Toutes ces dames au salon*, chanson de Bernard Dimey, 1969, sur une musique de Francis Lai, interprétation Renée Passeur.

campagne. Elle s'installe à Authon-la-Plaine dans l'Essonne, un village agricole de trois cents habitants au sud de Dourdan. Avec l'argent planqué qui lui reste, elle achète, rue de l'Écu, en face de l'église, une maison ancienne et déjà rénovée, cachée par de hauts murs.

Un après-midi de l'hiver 1995, Madame Claude marche d'un pas décidé et volontaire dans la plaine. Deux cents mètres derrière elle, un habitant du village est intrigué par cette femme visible de loin avec son survêtement rouge. Il l'a déjà croisée sur cette route dans une tenue qui n'est pas passée inaperçue. « Ça lui est arrivé de sortir en vison pour aller se promener sur la route de la Beauce, un chemin où passaient les tracteurs. Elle marchait un kilomètre ou deux. Elle avait dû sentir qu'elle n'avait pas le manteau approprié en voyant les regards des promeneurs, parce qu'ensuite elle ne l'a plus porté[5] », se souvient Roland, dont l'épouse a vu débarquer un jour ce petit bout de femme dans son salon de coiffure dans le bourg. « On ne la connaissait pas. Elle m'a dit : "Il faut que je sois belle demain, j'ai une émission." On a pensé que c'était une écrivaine qui était venue se planquer là. Avec mon mari, on a regardé l'émission, on a découvert

5. Entretien avec l'auteur, décembre 2021.

que c'était Madame Claude[6] », ajoute Paule, qui a d'emblée aimé le tempérament atypique de cette femme. « Elle savait ce qu'elle voulait. On évitait de prendre d'autres clientes au même moment pour qu'elle soit au calme. On voulait assurer sa tranquillité et la nôtre[7] », explique-t-elle. Le couple et la retraitée à la vie riche et mouvementée habitent à vingt mètres de distance. Entre eux naît une relation d'amitié forte, qui perdurera bien au-delà des années passées dans l'Essonne.

La petite Austin blanche reste très souvent garée devant la maison. Claude n'est pas habituée à conduire. Roland, qui va chaque jour à Paris pour ses activités professionnelles, fait le chauffeur les jours de rendez-vous à l'Hôpital américain, à Neuilly-sur-Seine, ou à l'hôpital Ambroise-Paré, à Boulogne-Billancourt. « Roland, faut que vous m'emmeniez. Mon ami vient de Suisse, j'ai besoin d'argent[8] », le prévient-elle un jour. Le soir même, il la voit revenir avec une petite valise qu'il suppose remplie de billets de cinq cents francs. Pendant les

---

6. *Ibid.*
7. *Ibid.*
8. Propos de Madame Claude rapportés par Roland, entretien avec l'auteur, décembre 2021.

trajets, il ne pose aucune question, mais elle lui raconte les souvenirs de sa vie d'avant, les années fastes, les clients, les ingrats et les élégants qui ne l'oublient pas, comme Gianni Agnelli, qui envoie de temps en temps un chèque de soutien. « Elle me disait qu'il devait lui offrir une voiture, mais je n'ai pas vu arriver la moindre Fiat », relate Roland, non sans une pointe de malice dans la voix.

En la côtoyant très souvent, le couple a accès aux deux faces d'un même être. Il y a la personne capable d'élans de générosité, et puis il y a la femme péremptoire, dont les remarques peuvent heurter les inconnus à qui elle s'adresse. « Moi, elle m'avait dit : "Paule, c'est trop tard pour vous, la chirurgie esthétique. Le premier lifting, c'est avant cinquante ans." On sentait qu'elle se trouvait belle. Cela se voyait aux poses qu'elle prenait et à la manière qu'elle avait de se regarder dans le miroir[9] », me confie Paule en souriant. Elle accepte d'être photographiée par Roland en lui indiquant son meilleur profil.

Au début des années 2000, Madame Claude a fait le tour de la vie à la campagne. Elle rêve de partir dans les îles, pourquoi pas à Madagascar, en tout cas dans un endroit baigné de soleil. Elle sait

9. Entretien avec l'auteur, décembre 2021.

sa fille installée à Nice. Entre elles, cela fait très longtemps que le dialogue est interrompu, les liens distendus. Il est peut-être temps de renouer avec son enfant unique, sa seule famille.

Un détective privé fait tout pour se fondre dans la masse. Jamais Anne ne sent sa présence. Jamais elle ne comprend que ses faits et gestes sont épiés par cet homme dont la discrétion est le métier. Il connaît toutes ses habitudes, ses horaires, les commerces qu'elle fréquente. Très régulièrement, il appelle sa cliente pour lui communiquer les détails glanés au cours de ses filatures. Madame Claude prend des notes et, bien informée, elle décide de provoquer la rencontre avec sa fille dans les rayons des Galeries Lafayette à Nice, où cette dernière a ses habitudes. Le grand magasin de la place Masséna a fière allure, avec sa façade d'un bel ocre rouge, ses volets bleus et ses arcades de style turinois. Claude la guette, la repère, et l'accoste en feignant la surprise. Le contact est rétabli, et la décision prise de se retrouver deux fois par semaine. Mais les sautes d'humeur de la mère vont à nouveau tout bouleverser. Elle modifie en permanence les rendez-vous fixés. « Je suis ta mère, c'est moi qui décide[10] ! » lui signifie-

10. Propos de Madame Claude rapportés par Philippe Thuillier, entretien avec l'auteur, juin 2022.

t-elle de manière catégorique, d'un ton qui ne tolère pas la contradiction. Pire, Claude ne supporte pas son gendre, né en 1923 comme elle. « Comment ça se fait qu'elle a pris un homme qui a mon âge[11] ? » s'interroge-t-elle auprès de ses amis.

Nouvelle brouille. Nouvel éloignement. Claude et sa fille, qui vivent à quelques centaines de mètres seulement de distance l'une de l'autre, ne se voient plus et ne se parlent plus.

En lançant cette enquête consacrée à sa mère, j'espèrais un jour pouvoir m'entretenir avec sa fille, qui détient forcément des pans cachés de l'histoire et de ses nombreux mystères. Le 3 août 2020, elle répond à un courrier que je lui ai fait transmettre. Le ton est cordial, mais la réponse est claire. « [...] Le sujet ne saurait m'intéresser à quelque hauteur que ce soit », m'écrit-elle. Les autres cartes envoyées resteront sans réponse. Je laisse passer du temps avec le secret espoir de réussir un jour à échanger avec elle.

Deux ans ont passé et, alors que je suis en train de boucler l'écriture de ce livre, je tente ma chance une dernière fois avec un coup de téléphone. Elle décroche, je lui explique la difficulté que j'ai eue

11. Propos de Madame Claude rapportés par Paule et Roland, entretien avec l'auteur, décembre 2021.

à trouver la part d'humanité chez sa mère. D'une voix douce et posée, elle engage la conversation, elle qui n'a jamais parlé à un journaliste. « Elle était très dure, très froide, très égoïste et très narcissique, et je m'y suis cassé les dents moi-même. Je lui demandais qu'elle m'aime, mais elle ne m'aimait pas. Quand j'étais petite, je culpabilisais, je me disais que j'avais dû faire quelque chose de grave. On ne peut pas obliger les gens à vous aimer. J'aurais voulu au moins que l'on puisse devenir amies. Elle se suffisait à elle-même. Il n'y avait finalement aucun point de contact entre nous deux. Nous étions comme deux pôles qui ne peuvent pas se comprendre, comme deux couleurs qui n'ont rien en commun. Elle était très superficielle. Quand j'ai vu que ce n'était pas possible, j'ai abandonné. Je suis arrivée à comprendre simplement qu'elle a souffert à un moment de sa vie. Elle s'était endurcie. Je ne l'ai jamais vue pleurer et je ne sais pas jusqu'à quel point elle pouvait comprendre autrui. Elle a érigé une barrière entre elle et moi. Elle ne m'a jamais accordé sa confiance. Sa petite personne l'intéressait, son travail l'intéressait et elle était fière du résultat qu'elle avait obtenu. "Tu sais, j'ai beaucoup travaillé", me disait-elle. En fait, j'avais l'impression de m'accrocher à un rocher contre lequel je m'égratignais, contre lequel je me faisais mal. Elle n'a jamais essayé de me protéger.

Elle ne m'a jamais dit qu'elle m'aimait. Elle ne m'a jamais dit qu'elle me trouvait jolie. Les deux piliers de ma vie ont été ma grand-mère maternelle et mon mari[12] », me confie-t-elle sans animosité, mais plutôt avec la tristesse d'une relation manquée. « J'aimerais vous aider plus, mais moi-même, il me manque des choses[13] », poursuit-elle.

Philippe Thuillier, producteur de télévision devenu un intime de Claude, se souvient du malaise exprimé lorsqu'elle évoquait la venue au monde de cet enfant qu'elle aurait aimé garçon. « On me l'a mise sur le ventre après l'accouchement[14] ! » racontait-elle avec une mine de dégoût. « Claude souffrait quand même de cette relation avec sa fille, même si elle ne l'exprimait pas[15] », me confie-t-il. Avec lui, en revanche, il n'y a jamais eu de brouille. Après avoir produit le documentaire sur ses confessions à sa sortie de prison, il a noué une relation affective avec elle, devenant en quelque sorte le fils qu'elle rêvait d'avoir. Entre eux,

12. Entretien avec l'auteur, juin 2022.
13. *Ibid.*
14. Propos de Madame Claude rapportés par Philippe Thuillier, entretien avec l'auteur, juin 2022.
15. Entretien avec l'auteur, juin 2022.

les rituels sont immuables. Il lui rend visite quatre fois par an, et lui téléphone chaque dimanche soir à 18 ou 19 heures. Une chaîne d'information continue tourne en fond sonore, et Claude refait le match politique. Il apprécie son sens de l'à-propos, sa vivacité d'esprit et son humour.

À Nice, le cercle des personnes qui la côtoient est restreint, comme en témoigne ce mot adressé à Dominique, la fille de son premier réseau restée proche d'elle, tout comme Maïté qui, elle, descend la voir tous les ans.

> « *Je ne t'oublie pas, pas du tout, je demande toujours de tes nouvelles à Maïté, j'ai ainsi l'impression de ne jamais te perdre de vue. Mais tu sais, je suis maintenant une très vieille dame qui ne bouge plus guère de son appart, qui est complètement sourde et ne fréquente plus personne. J'ai toujours aimé beaucoup la solitude, heureusement !*
>
> *Ta petite lettre, il y a quelque temps, m'a fait très grand plaisir, une petite lueur de bonheur, j'ai beaucoup apprécié. J'aimerais avoir de tes nouvelles plus souvent.*
>
> *Je t'aime fort, Claudy*[16]. »

16. Lettre inédite de Madame Claude à Dominique, date non connue.

Isabelle, elle, a mesuré l'isolement volontaire de Madame Claude, qui se sentait abandonnée lorsqu'elle partait en vacances. À la fois aide ménagère et dame de compagnie, elle a été à son service pendant douze ans, soit la majeure partie des années niçoises de l'ancienne proxénète. Je la rencontre dans le café d'un centre commercial en novembre 2021. Elle a une cinquantaine d'années, une empathie naturelle et rassurante. C'est une habitante de l'immeuble Le Splendid, chez qui elle travaille, qui la met en relation avec Madame Claude.

« Je n'ai pas eu trop le choix. Je n'ai pas eu le temps de dire oui ou non, elle avait décidé pour moi. Elle m'a dit : "Quand pouvez-vous venir ?" Je voyais bien qu'elle avait déjà un caractère fort[17] », explique-t-elle. Ce pressentiment se vérifie très vite, à des détails qui démontrent son autorité. Le dressing est rangé de manière impeccable. Chaque sac est conservé dans sa housse d'origine en coton. Du papier de soie est placé dans les manches de ses tailleurs mis, eux aussi, à l'abri de la lumière. « Elle aimait tellement le luxe, elle avait un goût pour tout ça. Elle savait qu'il ne fallait pas mettre plus de trois couleurs sur soi. Elle avait toujours un sac assorti

17. Entretien avec l'auteur, novembre 2021.

avec son manteau ou sa tenue. Elle me disait : “Je vois les filles dans la rue. Elles portent des jeans déchirés. Elles ont le string qui dépasse du pantalon. C’est impensable, ces tenues[18] !” » me précise Isabelle, qui garde en mémoire l’exigence de celle qui l’emploie et inspecte tout ce qu’elle fait. Les casseroles doivent briller comme au premier jour, les traces de calcaire causées par l’eau du robinet sur les pots de fleurs doivent être grattées, et le placement de la couette se joue au centimètre près.

Isabelle mettra du temps à savoir pour qui elle travaille. « Dans les discussions que l’on avait, je me disais : “Ce n’est pas possible, elle me raconte des trucs, elle affabule.” Je me suis renseignée sur Internet et, quand j’ai vu son portrait, je me suis dit : “C’est elle !” Un jour, elle m’a dit : “Est-ce que vous savez qui je suis ?” Je lui ai répondu : “Oui, Claude, j’ai compris, je sais qui vous êtes.” Vraiment, elle s’est sentie soulagée quelque part. Elle s’est dit : “Bon, elle a compris, mais elle reste avec moi quand même[19]” », explique Isabelle en affichant un large sourire sur son visage.

Et, une fois ce tabou tombé, la parole se libère. « Elle me disait : “Vous faites le ménage ici et ensuite

18. Entretien avec l’auteur, novembre 2021.
19. *Ibid.*

vous rentrez chez vous pour faire la danse des sept voiles." Un jour, elle m'a demandé : "Vous n'avez jamais trompé votre mari ?" Je lui ai répondu : "Je n'en ai jamais eu envie et, si j'en avais eu envie, je ne sais même pas comment j'aurais pu trouver le temps de le faire." Elle s'énervait en m'affirmant que ce n'était pas possible dans un couple qu'il n'y en ait pas un des deux qui trompe l'autre. Comme il y avait une certaine complicité, elle se sentait libre de me parler de ça. Elle avait toujours l'œil critique sur tout. Je me souviens qu'une autre fois elle m'a dit : "Bon, vous n'êtes pas très grande, vous n'êtes pas super belle, mais vous seriez très active pour vous occuper de certaines choses chez les hommes, vous sauriez faire quand même." Je ne faisais pas de cas de ça, ça me faisait sourire[20] », témoigne Isabelle, qui sait aussi combien elle pouvait être dure avec les gens.

Au rayon des souvenirs, il y a ce petit tapis roulé dans un coin que l'aide ménagère veut descendre à la cave et que Claude lui interdit de toucher parce que c'est un cadeau du shah d'Iran. Il y a aussi ce moment où l'ancienne proxénète menace sa conseillère financière de contacter la presse si on ne la laisse pas retirer en espèces la totalité de la

20. *Ibid.*

somme sur son compte. La banquière obtempère. Le mari d'Isabelle accepte à contrecœur de jouer le convoyeur de fonds dans un sac, qu'il dépose chez la retraitée en disant : « Claude, je ne veux pas savoir[21]. » « Je préfère les espèces, c'est de l'argent qui ne se voit pas. J'en dispose comme je veux[22] », précise-t-elle à son aide ménagère, qui a conservé les traces de cette angoisse liée à la peur de manquer. Ce sont des projections que la vieille dame fait en permanence. Le nombre d'années à vivre est corrélé avec un montant nécessaire pour ne pas finir dans le besoin.

À ses côtés, Isabelle vit des aventures rocambolesques, qui témoignent de l'impatience dont elle a toujours fait preuve. En attente aux urgences de l'hôpital de Nice, un samedi après-midi, pour une suspicion d'accident vasculaire cérébral, Madame Claude décide de fuir. Elle se rhabille avec l'aide d'Isabelle, reprend son sac Vuitton et sort de la chambre. « Je lui disais : "Vous ne pouvez pas partir comme ça. Vous avez signé les papiers d'admission. Il faut qu'ils viennent vous examiner. On va se faire engueuler. – J'en ai rien à faire." Deux infirmières

21. *Ibid.*
22. Propos de Madame Claude rapportés par Isabelle, entretien avec l'auteur, novembre 2021.

nous interpellent dans le couloir : “Mais vous allez où, là ? Vous ne pouvez pas partir comme ça, vous devez signer une décharge.” Claude traçait devant moi en criant : “Non, je ne signerai pas les papiers, je m’en vais[23]” », raconte Isabelle en me précisant que Madame Claude est bien montée dans un taxi, puis est rentrée chez elle comme s’il ne s’était rien passé.

Dans la rue, elle peut se montrer hargneuse si un automobiliste la presse de traverser le passage piéton en klaxonnant. « Elle se retournait et levait sa canne comme ça, menaçante, genre : “Si tu t’approches, je te cale un coup sur le capot[24] !” », m’explique Isabelle, qui n’en revient pas de son aplomb et de son sens de la provocation en toute circonstance.

Au fil des années, la dame de compagnie la voit vieillir et refuser en même temps les contraintes liées au grand âge. Madame Claude juge qu’il n’y a que « des vieux dans les maisons de retraite[25] », que ce n’est pas pour elle. Elle refuse de sortir dans le fauteuil roulant que réussit à lui obtenir son aide

---

23. Entretien avec l’auteur, novembre 2021.
24. *Ibid.*
25. Propos de Madame Claude rapportés par Isabelle, entretien avec l’auteur, novembre 2021.

de vie. Les problèmes de santé s'installent. Un jour, le diagnostic de la maladie de Parkinson est posé, des troubles cognitifs et une faiblesse physique se manifestent. Au cours de l'été 2013, la relation de confiance s'arrête brutalement. De l'argent et des bijoux ont disparu. De très fortes suspicions se portent sur la seconde femme de ménage arrivée bien plus récemment, mais Claude se trompe de cible et accable Isabelle, qui ne comprend toujours pas ce retournement de situation. « Ça a été un drame pour moi quand on a eu ce problème. Ça faisait douze ans que j'étais chez elle : si j'avais voulu la voler, vous imaginez bien que je n'aurais pas attendu tout ce temps. J'étais là pour lui faire plaisir. Elle me faisait penser à ma grand-mère. Je pense qu'au niveau de la tête, elle a perdu un peu les pédales à un moment[26] », me raconte-t-elle, encore marquée par ce licenciement injuste.

Isabelle sort les pages des agendas sur lesquelles la vieille dame notait tous ses rendez-vous téléphoniques. Le samedi 14 janvier 2012, elle a inscrit en anglais : « 17 h 30, *call with*[27] Danielle (Paris) », « 18 h, *call with* Paule (Var) », puis, le dimanche : « *call with* Philip. (Paris) », le 28 janvier : « *call*

26. Entretien avec l'auteur, novembre 2021.
27. *Call with* : discussion avec.

with Maïté (Belfort) », et, le lendemain : « 20 h 15, discours Nicolas Sarkozy (LCI) ». Le vendredi 6 juillet 2012, elle écrit d'une main tremblante : « ANNIVERSAIRE, j'ai 89 ans ce jour. » C'est l'avant-dernière fois qu'Isabelle le lui souhaite. En août 2013, elle n'a plus accès à elle.

Elle me glisse un dernier mot que Claude lui avait remis à l'occasion des fêtes de fin d'année avec une bouteille de champagne et un billet de cinquante euros.

> « *Quand j'étais enfant, j'avais une famille fort riche, mais très radine, leur slogan était : "Plus tu as de l'argent, moins tu dois le dépenser." À Noël, j'avais comme cadeau 1 livre, en général la vie de Bécassine, nous étions bretons ou presque, et une orange dans un papier doré, pas de quoi ruiner les foules. J'ai tout oublié des préceptes familiaux, hélas ! Le temps passant et le manque "relatif" d'argent venu, je renoue avec le passé et les oranges. Bon Noël,* happy new year, *toute la joie et le bonheur de la terre pour vous deux.*
>
> *Claude* »

Ses souvenirs d'enfance, marqués sur une simple feuille volante, relèvent plus du conte de

Noël. Jusqu'au bout, Madame Claude n'a cessé de réécrire son histoire, de réinventer son passé en multipliant les détails, en modifiant les versions. Les fragilités de la vieillesse fragmentent un peu plus sa mémoire vive. L'aggravation de la confusion oblige à la placer sous protection judiciaire et à désigner un tuteur.

Le 13 février 2014, l'ambulance se fraie un chemin dans la circulation dense de Nice. À travers la vitre, Claude, la tête dans le vague, regarde le paysage défiler. Un doux soleil d'hiver diffuse une jolie lumière dans l'habitacle. Elle ferme les yeux un instant, puis les ouvre à nouveau. Plus que quelques centaines de mètres à parcourir. Le feu tricolore, passé au rouge, lui laisse le temps d'admirer l'Excelsior Régina, l'un des plus beaux bâtiments de France, doté d'un parc de huit mille mètres carrés. C'est plutôt là qu'elle aurait voulu finir ses jours, dans ce palace de style Belle Époque, édifié pour accueillir la reine Victoria et transformé en un immeuble d'une centaine d'appartements. Derrière, au numéro quatre de l'avenue Victoria, le cadre est moins glamour. Madame Claude entre aujourd'hui au pavillon Mossa, construit dans les années 1970, qui accueille les services de gériatrie et de gérontologie. Elle est admise au deuxième étage, dans une unité de soins longue durée pour personnes âgées dépendantes. Les chambres sans âme se succèdent, et la tristesse se lit sur les visages des résidents. Combien sont-ils à avoir conscience que cet endroit sera leur dernier lieu de vie ? Claude, elle, s'en doute. C'est ici que va défiler son cercle intime. Paolo, son ami coiffeur, qui lui rendait service – l'un des rares autorisés à l'embrasser –, emmène un jour Anne visiter sa mère, qui ne la reconnaît pas. « J'ai fait jouer mes relations pour qu'elle ait une place dans cet hôpital. Elle n'avait plus d'argent. J'ai essayé de l'aider, mais elle ne se souvenait pas que je l'aidais. Elle perdait la tête[28] », explique-t-elle.

En mai 2014, Maïté et Dominique descendent ensemble en voiture sur la Côte d'Azur pour lui rendre visite. En entrant dans sa chambre aux murs blancs et au sol recouvert d'un linoléum marron, les deux femmes sont saisies par l'apparence de celle qu'elles ont connue si élégante. « Quand je l'ai vue, ses deux petits yeux noirs, j'ai eu un choc parce qu'elle avait une espèce de robe de chambre et était attachée dans un fauteuil roulant. Enfin, c'était épouvantable. Je me suis approchée de son visage et je lui ai parlé. Après, elle s'est conduite

---

28. Entretien avec l'auteur, juin 2022.

autrement. Elle m'a remis la mèche comme elle faisait tout le temps. Et puis elle a dit : "Tiens, on dirait Maïté." Je pleurais[29] », évoque Maïté avec une émotion forte dans la voix, comme si elle revivait la séquence. À leurs côtés, Dominique essaie de retenir ses larmes. « Quand nous sommes parties, elle a dit : "À demain !" Puis elle m'a fait un signe de la main, mais je savais très bien que je ne la reverrais pas. Je savais très bien qu'elle allait mourir, que c'était fini[30] », ajoute Maïté.

Philippe Thuillier a connu, lui aussi, les adieux en février 2015. « Elle est gavée de médicaments, mais elle me reconnaît. Elle me dit : "Je ne veux pas que vous me voyiez comme ça. Partez ! Partez ! Dites-moi au revoir et promettez-moi, s'il vous plaît, de ne jamais revenir !" À ce moment-là, elle tourne la tête. Je ne vois plus son visage, je ne sais pas si elle veut me cacher qu'elle pleure. Elle voulait rester maître de son image jusqu'au bout. Elle voulait qu'on la voie digne. Elle avait même envisagé un temps le suicide assisté. J'étais prêt à l'accompagner pour ce dernier voyage[31] », témoigne le producteur, submergé par l'émotion.

---

29. Entretien avec l'auteur, mars 2021.
30. *Ibid.*
31. Entretien avec l'auteur, juin 2022.

À l'automne 2015, Isabelle, son aide ménagère pendant douze ans, vient saluer son beau-frère soigné à l'hôpital. En le quittant, elle s'autorise un passage au deuxième étage du pavillon Mossa. Celle dont elle s'est occupée n'a pas son portrait sur la porte de sa chambre, à la différence des autres patients. « Ça m'arrachait le cœur d'être brouillée avec elle. Je l'ai trouvée recroquevillée sur elle-même. Elle s'accrochait à un petit ours en peluche de couleur marron clair. Elle s'est agrippée à ma main. Il n'y a eu aucune parole prononcée, elle regardait dans le vide. J'ai pu lui dire au revoir[32]... », me confie-t-elle en ne pouvant terminer sa phrase. De grosses larmes inondent son visage. Son chagrin profond me serre la gorge.

En s'éteignant le 19 décembre 2015, à l'âge de quatre-vingt-douze ans, dans un hôpital de Nice, Madame Claude, Madame Tolmatschew, Madame Cook et Claudy redeviennent Fernande Grudet, la femme que, toute sa vie, elle a cherché à effacer.

---

32. Entretien avec l'auteur, novembre 2021.

Remerciements

Je tiens à remercier Isabelle Saporta, présidente-directrice générale des éditions Fayard, pour son regard, sa confiance et son enthousiasme, ainsi que Sophie de Closets, qui avait accepté ce projet de livre.

Merci à Damien Bergeret, mon éditeur attentionné et doué, qui a su m'accompagner, me guider et me redonner confiance.

Merci également à Carole Nestoret pour sa contribution efficace et précieuse.

Merci à Jérôme Laissus, Katy Fenech, Pauline Duval, Laurent Bertail, Catherine Bourgey, Marie Clerc et toute l'équipe des éditions Fayard, qui me suivent depuis mes débuts dans l'écriture.

Merci à Romuald Lemonnier, qui a fait de la place à Madame Claude dans notre vie à deux et m'a soutenu tout au long de ces mois d'enquête et d'écriture.

Merci à ma famille, qui m'encourage dans tous mes projets.

Je remercie tout particulièrement Anne, la fille unique de Madame Claude, qui ne s'était jamais exprimée et qui m'a confié un témoignage puissant.

Je pense également à Dominique, Hélène et Maïté, Monsieur X et son épouse, Danielle Basset-Mourthé, Claude Cancès, Jean Debuire et son épouse, Matthieu Ellerbach, Roger Faligot, Christian Gasnier, Marie-Thérèse Guichard, Béatrice Gurrey, Paolo K., Besma Lahouri, Jean-Luc Lepan, Michel Lernout, Thierry Mandon, Monique Marcy, Jean-Noël Mirande, Valéry-Philippe Morron, Paule et Roland P., Claude Paul, Adeleen Rosner, Gilles Teisseyre, Dominique Texier Favier, Philippe Thuillier, Maryse Touseau, Isabelle V., qui m'ont tant aidé dans mes recherches.

Merci à Mériem Lay, journaliste et réalisatrice, qui a ouvert la voie en menant une formidable enquête démystificatrice pour le film *Madame Claude, sexe, mensonges et secrets d'État*, dans la collection « Un jour / un destin ».

Je n'oublie pas ceux qui me font confiance depuis très longtemps dans ma vie professionnelle : Laurent Delahousse, qui m'a fait grandir dans ce métier, Elfriede Leca, Marc Berdugo et Serge Khalfon, qui ont l'ambition de produire de très beaux films et programmes, Fabien Boucheseiche, Sarah Briand et Florent Chevolleau, avec qui j'aime travailler et qui sont devenus des amis.

Merci encore à toutes les personnes qui ont accepté de me rencontrer et de partager leurs souvenirs : Jean-Bernard Andro, Claude Angeli, Stéphane Anquet, Élisabeth Antébi, Étienne Apaire, André Bizeul, Anne de Boismilon, Robert Boutin Mayens, Lionel Candelier, Béatrice Cazottes, Christian Cerou, Marie-Christine et Serge Cunhac, André Delahaigue, Tony Garcia, Pr Olivier Guérin, Jacky Hénu, Claude K., Gérard K., Eddy Kerkhofs, Jean-Pierre Labro, Jean-Marie Lacan, Pascal Lainé, Christophe Mourthé, Bertrand P., Paule et Roland P., Chantal Perdrix, Martine et Dominique Pezet, Jacques Poinas, Sophie Quoirez, Gilles R., Sharley, Laurent Storch, Thierry Taittinger, Roland Tolmatschew, Jean-Pierre Uhalde, Catherine V., Laurent Vasquez.

Merci à toutes celles et à tous ceux qui m'ont donné des pistes, des renseignements, des conseils : Étienne d'Alençon, Isabelle Armand, Gilles August, Maryse Balat, Samantha Baugard, Laurence Baulande, Rita Bennis, Jean-Pierre Birot, Emmanuel Blanchard, Hachmi Boudoukara, Jean-Jacques Brot, Dr Françoise Capriz, Dr Florina Carat, Hélène et Jean-Marie Chabanon, Christine Chevalier,

Vivien Coste, Paule Coudert, Philippe Courpron, Catherine D., Florent Desarnauts, Raphaël Dussarps, Patrick Forte, Jean-Michel Fournier, Marie-France Gautier, Christophe Gazon, Émilie Georget, Hichem Ghaouti, Hélène Guichard-Spica, Hélène Hadas-Lebel, Sophie et Steven Harrison, Jean-Élie Henry-Mamou, Dominique Heugas, Arthur L., Alexis Lamargot, Viviane Lambert, Johanne Lambert-Rosner, Marc Lapon, David Le Castrec, Marc Le Lœuff, Lionel Léoty, Louis Le Roy, Agnès Le Taillanter, René Lévy, Marie Llosa, Odile Madar Cohen, Christiane Marchon, Thomas de Marco, Blaise Mautin, Georges Moréas, Béatrice Mousques, Nadia Nadaud, Marie-Thérèse Orain, Julien Paganetti, Jacqueline Peker, Aline Pivot, Jérôme Poirot, Dorian Police, Ludovic Pompignoli, Fabienne Pons, Jean-Marie Pontaut, Jean-François Quemin, René-Georges Querry, Sylvie Quinternet, Annie Sabarots, Stéphane Sanchez, Éric Tallon, Philippe Virlouvet, Véronique Waché.

Je remercie également Yvette Cathiard d'avoir autorisé la citation d'un extrait de la chanson de Bernard Dimey, *Toutes ces dames au salon*.

Des pensées pleines d'affection pour Dominique Adriansen, Ange Audigou, Roger Corre, Jacqueline Habert, Simone Lenglet et Christophe Le Saint.

Table des matières

Cet ouvrage a été imprimé en France par
CPI Brodard & Taupin
Avenue Rhin et Danube
72200 La Flèche (France)

pour le compte des Éditions Fayard
en octobre 2022

Photocomposition Nord Compo à Villeneuve-d'Ascq

PAPIER À BASE DE FIBRES CERTIFIÉES

Fayard s'engage pour l'environnement en réduisant l'empreinte carbone de ses livres. Celle de cet exemplaire est de :
0,500 kg éq. CO_2
Rendez-vous sur www.fayard-durable.fr

N° d'édition : 50-4136-4/01 - N° d'impression : 3050453